LE CIEL JALOUX DES ROSES

ALAIN DUAULT

LE CIEL JALOUX DES ROSES

poèmes carnets de voyages

nrf

GALLIMARD

à Catherine,
muse voyageuse

Il souffle souvent le vent mauvais qui bafoue la beauté.
Le ciel bleu est jaloux des roses qu'il a créées.

(poème vietnamien anonyme)

Connaissez-vous le langage des oiseaux : c'est ce que
Je me demandais en traversant le vaste parc de Kyoto
Vers le Ryôan-ji son jardin de pierres en respirant fort

Les jasmins les pivoines et chrysanthèmes les sakuras
Surtout ces fleurs de cerisiers qu'on contemple quand
Le jour tombe sur son âge car la vie est un avril blanc

Comme à New York au milieu de Central Park un soir
Je sentais qu'un orage violet gonflait dans mes veines
Et je tombais comme un oiseau tombe du ciel parce qu'

Un éclair ou un fusil ou un regard lui a imposé silence
Le nez dans cette herbe un peu humide des cuisses qui
S'écartent sous la pression des doigts dans la soie noire

Je ne savais plus dans quels draps je m'étais endormi :
Du côté du Lac, du Réservoir ou de la Mer de Harlem
Ou chez cette putain aux yeux tristes qui m'avait souri

On se penchait sur moi comme le ciel se penchait vers
La nuit : ça va ? vous êtes-vous fait des rêves, un opéra
Tout autre chose que du mal avez-vous respiré une rose

Étiez-vous ivre ou malheureux ou aviez-vous la peur au
Vent du nord au bout de tout quand on sait que c'est fini
Qu'il faut rendre les clés de la vie parce qu'on n'est plus

Aimé Où avez-vous mal où avez-vous perdu votre peau
Vos yeux vos dents vos mots voulez-vous que j'appelle
Un médecin un poète une putain qui promène ses chats

Ou le gardien du parc de Kyoto où vous avez rencontré
Des oiseaux des jasmins une rose des cerisiers en pleurs
Alors que le jour s'écoulait doucement dans vos veines

Le parfum des fleurs n'est pas très éloigné de celui de
La mort : on en recouvre les cercueils pour oublier qu'
À l'intérieur c'est un corps qui se décompose un corps

Aimé un corps qui a entendu mille oiseaux sans savoir
Ce qu'ils disaient en agitant leurs plumes en dessinant
Des arabesques dans les arbres des rires entre les ciels

Mais je ne savais pas s'il était temps de se relever ou de
Dormir au milieu du Parc entre les folles aux bras bleus
Les oiseaux les junkies les poètes violets qui se perdent

Comme les orages dans les veines les amours échouées
On se dit que c'est New York qui a tout gâché ou Kyoto
Ou les oiseaux qui n'ont pas chanté ou la vie qui s'en va

Kyoto, jardins pétrifiés

Ciel pâle. L'air est soyeux. Pas d'heure définie. Je flâne au milieu de petites maisons de bois jetées de part et d'autre de rues improbables, dessinées sans logique apparente dans une voirie un peu foutraque. Des ruelles secrètes voisinent avec des rues encombrées. De jeunes femmes enkimonées, socques de bois claquant sur les larges pavés, croisent des kyrielles à anoraks vert-de-gris. Les mondes, les âges, les mémoires se côtoient. Je rencontre d'un regard des femmes brunes, jeunes ou moins jeunes, fines presque toutes, masquées de blanc bien avant toute trace d'épidémie. Kyoto semble s'éveiller à chaque heure du jour.

Posé sur le prunier blanc de la maison
Un oiseau se parfume de vent Le ciel attend
Que la femme ouvre la porte de ses yeux
Elle ne se souvient de rien elle tremble
Elle cherche un linge fin pour effacer
Ses larmes d'amour
Une grenouille saute hors de l'eau

Quand j'aurai retrouvé mon chemin, au bout de cette flânerie sans but comme est toute flânerie, je marcherai sans doute jusqu'au parc pour découvrir les jardins de mousse dont la verte onctuosité suscite en moi des désirs inavouables. Plaisir de ce moelleux humide, de ces sinuosités, comme des seins d'herbe encore tout empreints de rosée : m'y étendre nu pour sentir sur ma peau cette volupté naturelle.

Cette pensée m'excite mille fois plus que le passage obligé par Gion, le trop célèbre quartier des geishas dont m'effraient un peu les visages fardés de blanc, avec au milieu le cri de ces lèvres qui éclatent comme des taches de sang.

Je me souviens d'un livre de Junichirô Tanizaki, *Éloge de l'ombre,* dans lequel il évoque les visages d'outre-blanc des femmes de jadis (que perpétuent les geishas d'aujourd'hui), et cet usage étonnant qu'elles avaient de se noircir les dents afin d'accentuer la blancheur fantomale de leur visage : « *Pensez au sourire d'une jeune femme, à la lueur vacillante d'une lanterne, qui de temps à autre, entre des lèvres d'un bleu irréel de feu follet fait scintiller des dents de laque noire : peut-on imaginer visage plus blanc que cela ?* » Recherche d'une beauté suprême, irréelle, poétique.

Comme on est loin de cette attirance un peu glauque des Européens pour les geishas, assise sur une interprétation parfaitement erronée du statut de ces femmes, qui ne sont absolument pas les prostituées que fantasment sans vergogne ces tristes voyageurs qui se répandent à Gion en y cherchant des bordels : Kyoto n'est ni Manille ni Bangkok !

Mais Kyoto invite à bien d'autres méditations, du fait de ces étonnants poèmes pétrifiés que sont les jardins secs. Dans la tradition zen, ils ont une fonction spécifique, celle de figurer l'union de l'Âme et de la Nature. À Kyoto en particulier, où se concentrent les plus beaux temples et sanctuaires, dont le fameux Ryôan-ji, au jardin de pierres justement célèbre. On peut longuement y rêver, regarder en perdant la notion du regard, ou tenter d'apercevoir ceux qui sont chargés de l'entretien de ce jardin aux dessins subtils, qui sont non seulement des jardiniers mais presque l'équivalent de prêtres — encore que le mot, trop marqué par sa connotation chrétienne, ne convienne pas vraiment ici. Pourtant ces jardiniers qui, avec leurs longs râteaux de bois, reforment chaque jour les dessins de graviers blancs semblables à des incantations visuelles, entretiennent un rapport sacré avec les lieux, l'espace, l'immobilité de l'air, la vibration du silence.

Ces jardins sont un univers mental : chaque pierre, chaque minuscule caillou y est disposé selon un sens.

C'est comme dans ce poudroiement de langage qui constitue un poème : tout y a aussi un sens, bien au-delà du sens premier, bien au-delà de la couche première d'une signification dénotative — comme les graviers blancs des jardins secs. La poésie se lit de mille façons. Elle est fille et mère d'une interprétation qui nous dépasse.

Quand le soleil pâlit devant la lune
L'amoureuse demande s'il va venir

Demande quand il va venir
Dans les griffes d'or de la nuit
Elle ne sait s'il va la voir en passant
Ne sait si le vent soufflera vers elle
Peut-être alors

La première fois que j'ai vu ce jardin du Ryôan-ji, j'ai été comme tétanisé, figé dans une sorte d'incompréhension muette qui pouvait aussi bien s'apparenter à l'extase, à ce moment extrême de la jouissance où l'on ne s'appartient plus.

Douce brise sur les paupières
Extase quand le dos de sa main remonte sa joue
Le jour comme un papillon se pose sur son épaule
L'amour s'étire au bout des veines
C'est si beau d'être regardé dans le silence infini
Des montagnes et de la mer L'amour est un chat
Il a sept vies

À Kyoto, ces sens pluriels s'accrochent autant à la terre qui respire sous les graviers, au vent qui les caresse, qu'aux rochers de basalte qui les parsèment, en nombre impair toujours. Il y en a quinze au Ryôan-ji, qui projettent des ombres changeantes sur les graviers, propices à la méditation. Mais, de quelque lieu qu'on se trouve autour du jardin, on n'en peut jamais s'arroger la totalité car ces rochers sont ordonnés de telle façon qu'on n'en peut voir que quatorze au maximum. Pourquoi?

On ne sait pas.

Tant de choses qu'on ne sait pas.

Comme on ne sait pas, quand on est devant ce jardin qui résume le monde, quel est le temps qui nous enveloppe. Un temps perdu peut-être, dont notre vie est cette recherche jamais achevée.

Le parfum ne résiste pas à la pluie à la neige
Mais au souvenir oui
Il fait renaître un visage effacé une peau que
Les doigts ont oubliée un instant côte à côte
Entre les branches d'un saule au fond du parc
Quand on avait penché la tête sur son épaule
Et qu'on avait senti l'encens d'une promesse

Créé en 1499 par un peintre et architecte de jardins âgé de vingt-sept ans, Shinso Soami, qui était aussi poète, ce jardin sec de deux cent cinquante mètres carrés, long rectangle cerné de murs nus en argile recouverts d'huile bouillie et de mousses (dont aucun angle n'est droit), est un marchepied vers l'infini, qui demeure face à celui qui regarde, immobile et imperturbable.

Puisque je m'intéressais aux jardins secs, on m'a conseillé de me rendre dans la péninsule de Satsuma, exactement près de Kagoshima, dans une petite localité qui dépend de la ville de Chiran, Minami-Kyûshû. Après avoir traversé des plantations de thé vert qui s'étendent à perte de vue, on y découvre un ensemble de jardins secs — dans ce style *karesansui* si reconnaissable (graviers blancs, rochers en nombre impair, quelques mousses parfois coiffant les murs de pierres qui les bordent) : ce sont ici les jardins des maisons de samouraïs.

On y retrouve cette énigme du Ryôan-ji, ce tracé des jardins zen où un dessin particulier, transversal, diagonal ou horizontal possède une signification spécifique selon le lieu d'où on l'observe.

Selon la saison.

On contemple ces jardins de pierres depuis tous les horizons puisqu'ils sont le plus souvent placés au milieu des villas. Et, selon qu'on regarde un jardin zen depuis l'Ouest ou depuis l'Est, au lever du soleil ou à son coucher, la signification en est différente.

Au printemps, les fleurs roses des sakuras, les cerisiers, laissent tomber leurs pétales sur les graviers.

Une mélancolie colore la méditation.

Une jeune femme qu'on a aimée autrefois
Le hasard de la lumière l'éclaire un jour
On la regarde sans qu'elle le sache
Un instant se dissout et le temps a passé
On continue son chemin
La barrière des nuages revient voiler
Les montagnes au loin les souvenirs

Le murmure des graviers blancs sous le râteau, la lumière posée sur un éclat de pierre, ricochant sur l'arête, le prénom du jour qui résonne : chaque signe est tissé à un autre signe.

Certains savent, les autres non.

On regarde, éperdument, muettement, et cette énigme est belle en elle-même. Remplit les sens et l'âme. Comme chaque mot dans la bouche est fait de syllabes, de couleurs sonores, de matière fluide ou dense, de lignes de langue.

Après vient le sens.

Ainsi dans un poème, les nervures intérieures, les rimes cachées, les glossolalies, les harmonies furtives, les sonorités tissées les unes aux autres, toute cette architecture secrète qui se coule dans le vers le soulève. Et chaque poème offre toujours une multiplicité de lignes à l'intérieur desquelles le regard, la position du soleil et des ombres de la langue, l'ouïe, la résonance du silence au creux de soi choisissent un sens provisoire.

Est-elle encore en fleurs
La femme cachée derrière le cerisier
Je voudrais tant la découvrir
Toucher peut-être son visage
Ou faire le tour de son poignet
Goûter les deux cerises de ses seins
M'endormir dans son parfum

À Kyoto, chaque jardin possède une tonalité spécifique, au sens musical cette fois et non plus architectural.

Mais chacun sait qu'en marchant chez soi, sans besoin d'être au Japon, dans le silence de son jardin, on entend mille musiques, résonance de ce flux intime qui ne nous quitte jamais. Sonate de viscères ou des circonvolutions du cerveau, pulsation du sang dans l'oreille interne. Des musiques ou peut-être plutôt des couleurs musicales.

Qu'une partition soit en *ré* mineur ou en *si* bémol majeur n'a pas le même sens, n'entraîne pas la même couleur sonore. Ainsi le *ré* mineur, dans la tradition classique et romantique, est-il la tonalité de la mélancolie, du deuil : celle, par exemple, du *Requiem* de Mozart. Des colorations — puisqu'une tonalité confère sa couleur psychologique à l'œuvre — sont donc données à ces différents jardins, chacun dessiné par quelque râteau selon une « thématique résonante », faite d'échos signifiants dans son harmonie sonore, mimant une hiérarchie sémantique alors qu'elle est un champ musical.

Ponts qui ne relient rien sur la rivière absente
Regrets peut-être regrets sûrement comme d'
Une femme dissoute dans la pluie du temps
Un vêtement usé qu'on portait quand l'amour
Nous faisait briller un geste perdu le goût de
Ce fruit disparu un mot qu'on ne retrouve plus
Pour dire on ne sait plus quoi

Le langage qui parle en chacun de nous dans notre jardin n'est en rien commun : la poésie n'est pas un esperanto de l'esprit, le fantasme d'un partage convivial. Elle s'accroche plutôt à des lambeaux au milieu du murmure généralisé. Le langage qui bat au fond de chacun n'est pas le langage de tous, il empêche plutôt l'échange. Le poème est là pour dire cette couleur sourde.

Une jeune fille qu'on essaie d'apercevoir
À travers une haie L'ombre s'allonge
Sur les graviers c'est le soir
Les rêves ouvrent leur livre d'heures
La jeune fille rentre chez elle
Bientôt sa chambre s'éclaire Ombre
Vivante La lune veille sur la haie

Mais à Kyoto, dans ce parc magique, on se perd d'abord sans recours dans les branches de parfums changeants, comme dans les bras multiples de quelque déesse inconnue et pourtant familière; on respire les fleurs innombrables qui saturent le regard autant que l'air qui enveloppe tout, camélias, jasmins, sakuras, pivoines, chrysanthèmes — la tête tourne. On longe aussi le lac-miroir, ses nénuphars. On arrive enfin au jardin sec: plus rien n'existe, il vous fixe de toute éternité.

On le regarde infiniment.
Quel signe nous fait ce jardin?

Une jeune fille qu'on essaie d'apercevoir
À travers une haie L'ombre s'allonge
Sur les graviers c'est le soir
Les rêves ouvrent leur livre d'heures
La jeune fille rentre chez elle
Bientôt sa chambre s'éclaire Ombre
Vivante La lune veille sur la haie

Quand le soleil encore pâlit devant la lune
L'amoureuse demande s'il va venir
Demande quand il va venir
Dans les griffes d'or de la nuit
Elle ne sait s'il va la voir en passant
Ne sait si le vent soufflera vers elle
Peut-être alors

Est-elle encore en fleurs
La femme cachée derrière le cerisier
Je voudrais tant la découvrir
Toucher peut-être son visage
Ou faire le tour de son poignet
Goûter les deux cerises de ses seins
M'endormir dans son parfum

Posé sur le prunier blanc de la maison
Un oiseau se parfume de vent Le ciel attend
Que la femme ouvre la porte de ses yeux
Elle ne se souvient de rien elle tremble
Elle cherche un linge fin pour effacer
Ses larmes d'amour
Une grenouille saute hors de l'eau

Douce brise sur les paupières
Extase quand le dos de sa main remonte sa joue
Le jour comme un papillon se pose sur son épaule
L'amour s'étire au bout des veines
C'est si beau d'être regardée dans le silence infini
Des montagnes et de la mer L'amour est un chat
Il a sept vies

Le parfum ne résiste pas à la pluie à la neige
Mais au souvenir oui
Il fait renaître un visage effacé une peau que
Les doigts ont oubliée un instant côte à côte
Entre les branches d'un saule au fond du parc
Quand on avait penché la tête sur son épaule
Et qu'on avait senti l'encens d'une promesse

Une jeune femme qu'on a aimée autrefois
Le hasard de la lumière l'éclaire un jour
On la regarde sans qu'elle le sache
Un instant se dissout et le temps a passé
On continue son chemin
La barrière des nuages revient voiler
Les montagnes au loin les souvenirs

New York, odeur de marrons

Ma première impression de New York : une odeur de marrons grillés au carrefour de la 7e et de la 57e Ouest, à quelques encablures de Central Park, juste à côté du mythique Carnegie Hall. Le grésillement des marrons traversant la basse continue de tout ce qui dévale l'Avenue, vacarme de belles américaines chromées, taxis jaunes qui bourdonnent comme des insectes au milieu des fumées jaillies du sol, voitures de police aux sirènes affolantes, limousines longues comme des bateaux, cette rumeur grondante et permanente de la Ville. L'odeur, le son — et soudain la nostalgie qui me prend devant une photo, punaisée là, celle du « concert du siècle » qui réunissait ici même, au Carnegie Hall, Dietrich Fischer-Dieskau, Vladimir Horowitz, Yehudi Menuhin, Mstislav Rostropovitch et Isaac Stern, avec le New York Philharmonic dirigé par Leonard Bernstein ! C'était le 18 mai 1976. Où étais-je ce jour-là pour avoir manqué ça ? J'étais sans doute amoureux et parti quelque part avec elle.

J'ai alors acheté un cornet de ces marrons odorants et j'ai descendu la rue penchée vers Times Square : il faut y aller, m'avait-on dit. Pourquoi ? Je n'y ai rien vu. Mais la vibration électrique de la ville, je l'ai aussitôt reçue par la peau, par les oreilles, les paupières, les ongles, le battement sans cesse, le cœur essoufflé, les yeux écartelés, excités comme des cuisses chaudes, par ces confettis de lumières en pluies colorées qui bissent le regard, éclaboussent les yeux, caressent tous les sens, ces lunes qui ricochent d'un building à l'autre comme si l'aube se multipliait infiniment, cette allégresse.

La verticalité radieuse de Manhattan peuplée de rumeurs
Et d'oiseaux en train de se parler d'amour à Central Park
Les taxis jaunes comme des fourmis filent sur les doigts
D'un montreur de marionnettes À Times Square on voit

Des danseurs qui font la roue zigzaguent vers Carnegie
Des klaxons qui s'essaient à Gershwin On oblique vers
L'East River et le pont de Queensboro ah Woody Allen
On a des souvenirs qui s'inventent au fur et à démesure

Je suis souvent revenu à New York, pour retrouver cette électricité, comme en possèdent certaines femmes dont la peau jette en permanence des gerbes d'étincelles. Pour flâner. Avec Venise, qui lui ressemble plus que toute autre, New York est une ville où l'on doit se laisser emporter sans rien savoir du lieu où l'on se trouve. On n'est jamais perdu à Venise, le Grand Canal n'est jamais très loin. Comme à New York avec Broadway, cette avenue qui est un déhanchement érotique : *follow me* ! Et New York, comme Venise, est une ville cernée d'eau, affichant fièrement son dédain de l'ordre, avec cette profusion, ce chuchotis qui enfle par vagues folles, cet interminable marmonnement.

New York est une mer pétrifiée, le ping-pong perpétuel de la lumière sur les façades, toutes ces arêtes, cet enchevêtrement de lignes, cette épure des formes malgré le briquetage usé qui se fraie une épaule au milieu d'une immense exposition d'architecture moderne, tous ces campaniles miroitants levés entre de vieilles maisons dont les escaliers de secours métalliques font entendre le combat musical des Jets et des Sharks dans *West Side Story* — *Tonight*, *Maria*, *I Feel Pretty* : New York est une mémoire d'images et de sons.

On en a tant rêvé on l'a tant raconté avant d'y marcher
Manhattan est comme une vie qu'on s'invente ce goût
De miel et cette odeur de marrons chauds sur Broadway

Alors on glisse de l'une à l'autre rue ou avenue, le regard accroché à ces maisons de briques rouges ou noircies entre les hautes plumes de verre et d'acier qui grattent le ciel — et en face il y a toujours quelque chose qui passe ou qui se passe, le swing discret d'une odeur de marrons grillés sur les trottoirs dansés, secoués, une rencontre improbable, un photographe qui se fait un fixe avec les ricochets du ciel. On continue : de part et d'autre, bars crasseux, clubs, et tous ces théâtres, la douceur moite des théâtres new-yorkais, et ces boutiques, ces restaurants de toutes cuisines, mille publics mêlés, vêtus de mille couleurs, toujours prêts à tout écouter, tout oser dans cet entassement, ce désordre magnifique.

Soudain une fille en jeans serré saute d'un cours de danse pour se précipiter dans un autre, une flamme fine, un geste qui cloue. L'indécence pure.

Tout revient toujours on passe les mêmes rues on rêve
Tout ce qu'on voit poussières de lumières parfum las de
Cette fille électrique croisée sur un air de clarinette bleue

Ou ce garçon aux hanches musicales qui répète une pirouette en traversant la 42e rue, ce billard permanent de la lumière et du son, ces claquements de doigts, cette ondulation du bassin, ce clin d'œil répercuté en rythmes, en rues à angles droits, avec le seul paraphe oblique de Broadway, tel un glissando de clarinette au début d'une rhapsodie en bleu. Des choses vues à New York, des choses à voir ou des regards à découvrir, il y en a sans cesse.

Tout le monde a tout vu à New York. Personne n'a rien vu.

New York New York odeurs de pluie odeurs du temps

La verticalité radieuse de Manhattan peuplée de rumeurs
Et d'oiseaux en train de se parler d'amour à Central Park
Les taxis jaunes comme des fourmis filent sur les doigts
D'un montreur de marionnettes À Times Square on voit

Des danseurs qui font la roue zigzaguent vers Carnegie
Des klaxons qui s'essaient à Gershwin On oblique vers
L'East River et le pont de Queensboro ah Woody Allen
On a des souvenirs qui s'inventent au fur et à démesure

On en a tant rêvé on l'a tant raconté avant d'y marcher
Manhattan est comme une vie qu'on s'invente ce goût
De miel et cette odeur de marrons chauds sur Broadway

Tout revient toujours on passe les mêmes rues on rêve
Tout ce qu'on voit poussières de lumières parfum las de
Cette fille électrique croisée sur un air de clarinette bleue

New York New York odeurs de pluie odeurs du temps

Lisbonne, sa peau

Les Phéniciens l'avaient baptisée Alis-Ubbo, « la rade pleine de charme » ; les Grecs la croyaient fondée par Ulysse ; et les Arabes ont chéri leur Aschbouna… Lisbonne — Lisboa pour les Portugais, qu'on prononce [lich-bô-a], en traînant un peu sur le « ch » et en dénouant très légèrement « bô » de « a ». Comme un gâteau crémeux. Toute la sensualité charmeuse de la ville s'y entend d'emblée : la lumière bleue des azulejos qui ricoche sur les murs ; le goût de paradis des *pasteis de nata*, ces petits flans ronds, au feuilleté craquant garni d'une crème aux œufs et au sucre, un gâteau crémeux justement, qu'on déguste tiède dans les rues qui montent et qui descendent ; les épaules cuivrées des femmes dans le soleil du soir à Belém — le chant souple d'une langue caressante. Lisbonne est une ville d'amour.

Et c'est une ville aimée de tous ceux qui y abordent, de tous ceux qui s'y installent, de tous ceux même qui ne font qu'y passer — parce qu'elle incarne une certaine douceur de vivre, parce que son climat est toujours tendre, parce que ses habitants, les Lisboètes, sont d'une gentillesse qui ne se dément jamais. Et tout cela se retrouve dans une musique qui est identifiée à Lisbonne, une musique faite de mélopées langoureuses et de longues phrases tristes, une musique qui vient du fond du cœur et qui brûle les lèvres, le fado. Depuis un siècle et demi, le fado résonne dans les rues de Lisbonne, dans les cafés de Lisbonne, mais il s'est échappé de Lisbonne il y a quelque soixante ans grâce à une femme qui l'a incarné, une femme qui en a fait le miroir de tout un peuple pour le monde entier, Amália Rodrigues.

Amália da Piedade Rebordão Rodrigues est née le 23 juillet 1920 dans la paroisse (on dit la *freguesia*) de Pena à Lisbonne. La ville était encore une cité du XIXe siècle mais elle avait déjà comme expression profonde cette musique à laquelle Amália Rodrigues s'est identifiée et dont elle est devenue le porte-voix, faisant entendre l'âme portugaise à tous ceux qui savaient à peine où se situait le Portugal.

Je me souviens l'avoir vue et entendue pour la première fois au cinéma, dans un film tiré du roman de Joseph Kessel *Les amants du Tage*, avec Daniel Gélin et l'irrésistible Françoise Arnoul, les yeux laser de Françoise Arnoul. À la proue d'un bateau sur le Tage, ce fleuve immense au nom mystérieux, qui naît en Espagne du côté de la montagne de Teruel, dans la Sierra de Albarracín, et traverse le Portugal pour rejoindre la mer au large de Lisbonne, ils sont tous les deux, elle assise, lui debout. Elle demande : « Vous aimez tellement voyager ? — J'aime partir surtout », répond-il. Plus tard, ils se retrouvent dans un bar où, accompagnée de ces guitares portugaises qui ressemblent à des mandolines, une fadiste chante avec cette voix qui fait plier les muscles du ventre, une voix de braise et de désir, une voix de tristesse aussi et d'amours naufragées.

C'était Amália Rodrigues, elle avait trente-cinq ans quand ce film avait été tourné. Sa voix était déjà éternelle.

J'étais jeune alors, j'avais vu ce film dans un petit cinéma de la rue Champollion où nous étions quelques-uns à faire notre éducation cinématographique. J'étais accompagné d'une jeune femme qui était aussi blonde qu'Amália était brune. Je ne crois pas qu'alors j'aurais eu envie de l'étreindre sur la plage comme Daniel Gélin et Françoise Arnoul, dont le peignoir blanc à peine entrouvert dans un plan où elle était assise en chatte m'avait troublé et m'avait fait serrer les épaules de ma voisine. Mais à la sortie, j'aurais plutôt voulu m'enfuir dans cette Traction avant au toit blanc qui fonçait sur le port de Lisbonne.

De hauts nuages de plomb une pluie chaude pour
Tromper le temps et mes peurs au bord du Tage où
Je me laissais bercer par la rumeur de mes fantômes
Comme un matelot qui attend sur un quai son navire

Comme le tango est né dans les bordels de Buenos Aires, le fado est né dans les bas-fonds de Lisbonne au milieu des années 1830. Son nom dérive du *fatum* latin, le destin. Le verbe portugais *fadar* signifie d'ailleurs « prédestiner ». Sans doute a-t-il d'abord été une mélopée chantée par des marins : c'est pourquoi c'est une musique de tristesse, une musique d'exilés, c'est la musique de ceux qui souffrent. Une musique qui vient de la peau, qui vient du cœur, qui vient du ventre. Les thèmes récurrents en sont la jalousie, l'amour inaccompli, la nostalgie du passé, la difficulté à vivre, le chagrin, l'exil, la mélancolie — tout ce qui se regroupe sous un terme quasi intraduisible, la *saudade*.

Le quartier populaire de l'Alfama est le cœur historique de Lisbonne. Son nom dérive de l'arabe *alfa maa* qui signifie « mille sources » et, en effet, il contient de nombreuses sources qui alimentent les fontaines de la ville. Seule partie de Lisbonne ayant survécu au terrible tremblement de terre de 1755, l'Alfama ressemble à un village dans lequel tout le monde se connaît. Même s'il ne reste presque plus de demeures de l'époque mauresque, le quartier conserve cette ambiance de casbah, avec ses escaliers, avec le linge pendu aux fenêtres, avec ses dédales de ruelles magiques, mystérieuses, poétiques. C'est là qu'est né le fado, dans les bars fréquentés, le soir, par les marins et les prostituées — mais aussi par quelques bourgeois avides de s'encanailler…

La nuit inspire toujours les artistes et les poètes. Chacun connaît le vers de Rostand : « C'est la nuit qu'il est beau de croire à la lumière ». À Lisbonne comme ailleurs, c'est la nuit qu'il faut sillonner la ville pour la sentir vivre à un autre rythme. Bien sûr, il y a des touristes qui passent, mais il y a surtout beaucoup de Lisboètes qui viennent chercher des couleurs, des émotions, de la musique, dans ces vieux quartiers, celui de l'Alfama en particulier, où des concerts informels ont lieu dans les tavernes ou les restaurants dont portes et fenêtres sont ouvertes. Il y a toujours des musiciens mais n'importe qui peut arriver et chanter. Même un spectateur de passage peut devenir chanteur le temps d'une soirée — ce qu'on appelle le *fado vadio*, c'est-à-dire le fado bohémien, le fado vagabond, et ces amateurs de tous âges et de toutes conditions font vivre la tradition populaire en chantant des fados, traditionnels le plus souvent, mais parfois des compositions plus personnelles. En fait, ce n'est pas la qualité esthétique qui prime mais le partage avec les autres, ce sentiment d'identité que porte la musique et qui fait vivre la nuit.

Car le fado est la peau de Lisbonne : c'est de sa peau qu'on se souvient quand on songe à une femme qu'on a aimée, du grain de sa peau, de sa souplesse, de son odeur et de son goût. Lisbonne est une femme. On aime à s'y perdre, la nuit.

Perdu dans l'inexorable générosité des vents d'hiver
Cette conjugaison de satin sur la mer qu'on ne peut
Apprendre sans pleurer je marchais sur ces pierres
Blanches dans Lisbonne ville magnétique et amère

Avec ce chant de personne qui me rongeait ces voix
Mêlées de tant d'ailleurs que j'écoutais à l'Alfama
Amália Cristina toutes celles qui chantaient les yeux
Éperdus comme si elles venaient de manger un orage

Le lendemain matin (un matin plutôt tardif), le ciel est haut, il faut grimper jusqu'au Chiado, le quartier des poètes, et en particulier de l'un d'entre eux, Luís de Camões, le Ronsard portugais, qui s'est fait connaître par une longue épopée nationale en vers, *Les Lusiades*, et par des bouquets de sonnets — dont l'un, mis en musique, est devenu un douloureux fado chanté par Amália Rodrigues : *Com que voz*.

Avec quelle voix pourrai-je pleurer mon triste fado
Qui dans une si cruelle prison de passion m'a enterrée
Puisse la peine de mon amour sans illusion
Ne pas durer plus que le temps qui me reste

Le sentiment alors que rien n'a changé depuis Luís de Camões, que l'âme de Lisbonne est éternelle, qu'il y aura toujours des voix pour chanter ce « triste fado », des voix de brume et de braise, des voix qui sont des tisons de mélancolie, des voix façonnées par et pour la détresse. Et pour la poésie.

J'aime ces voix blessées qui résonnent et glissent et
S'estompent avec les nœuds les boucles des visages
Dans cette ville où chaque soir les chevaux du soleil
S'abîment dans la mer de paille Il me restait à saluer

Pessoa assis à sa table au Brasileira exilé à soi-même
À jamais intranquille à goûter trois pasteis de Belém
En caressant distraitement mes belles ô mes si belles
Amours lusitaniennes et à marcher sur le ciel même

Car si Luís de Camões est le grand poète portugais du XVIe siècle, la poésie portugaise est demeurée vivace et, au XXe siècle, a été marquée par la figure fascinante d'un auteur assez mystérieux qui avait ses habitudes dans un fameux café, A Brasileira, fondé en 1905 et qui a accueilli poètes, artistes, musiciens — et singulièrement ce client régulier qui reste pour toujours attablé à la terrasse, transformé en statue de bronze, sa jambe gauche croisée sur la droite, son chapeau vissé sur la tête pour le protéger du soleil: c'est Fernando Pessoa, poète miroitant qui écrivait « J'ai en moi tous les songes du monde », écrivain à multiples facettes, dont le chef-d'œuvre, *Le livre de l'intranquillité*, a été traduit en plus de quarante langues.

Pessoa — dont le nom signifie « personne » (et rappelle le mot latin *persona*, « masque de théâtre ») — ressemblait à James Joyce: ils sont d'ailleurs contemporains.

Fernando, orphelin très jeune, a grandi face à l'Opéra de Lisbonne avant de devenir une sorte d'esquisse de ce que sera sa vie, et son œuvre, celle d'un flâneur, poète de l'errance, rêveur, souvent pris dans ses songes — ou dans les brumes de l'alcool —, mais aussi dans les miroirs infiniment reflétés de son énigmatique personnalité. Errance par exemple sur son nom puisqu'il accumule les pseudonymes par dizaines pour publier toutes sortes de textes, des articles, des notices, du théâtre, des poèmes, jugés étranges voire provocateurs: il sera ainsi Alberto Caeiro ou Ricardo Reis, Álvaro de Campos ou Bernardo Soares, Alexander Search ou António Mora, Charles Robert Anon ou Thomas Crosse, tant d'autres... Un vertige! Tous ces masques pour échapper à sa propre personne.

Errance géographique aussi, par la rêverie et les personnalités d'emprunt surtout, puisque, s'il passe sa première adolescence à Durban, en Afrique du Sud, vit un moment aux Açores, se rend à Alexandrie, c'est néanmoins à Lisbonne, sa ville natale, qu'il va vivre l'essentiel de sa courte vie, jusqu'à sa mort précoce, en 1935, à quarante-sept ans (d'une cirrhose du foie consécutive à un alcoolisme obstiné). Lisbonne où il dit pourtant se sentir en exil à soi-même.

Errance aussi dans ses innombrables domiciles, passant de chambre louée en chambre louée, de quartier en quartier, pris dans des phases de vague intérieur où il a le sentiment de décoller de lui-même (sans doute des crises cénesthopathiques), qui le poussent à changer de lieu, peut-être dans l'illusion de changer de corps.

De la même façon qu'il multiplie ses alias, Pessoa jongle avec les langues, écrivant beaucoup en anglais mais aussi en français et, bien sûr, en portugais.

Pourtant, le plus étonnant est que cet écrivain prolifique et protéiforme, quasi inconnu de son vivant (il n'a publié qu'un seul livre, paru un an avant sa mort, *Message*), est aujourd'hui considéré comme un monument de la littérature lusitanienne — alors qu'il est très largement un écrivain posthume ! C'est en effet après sa mort qu'on a découvert, enfermés dans une malle, quelque 27 543 textes, une mine, un legs unique au monde. Ces textes ont été répertoriés, datés, resitués, édités peu à peu, et ont participé à la reconnaissance de Fernando Pessoa, à sa véritable naissance dans l'univers littéraire plusieurs décennies après sa disparition. Destin improbable, presque incroyable — dont l'achèvement a été l'absolu chef-d'œuvre qu'est *Le livre de l'intranquillité*, paru en 1982, soit quarante-sept ans après sa mort ! Souvent, on a publié des textes ou des livres inédits d'écrivains disparus — mais là, l'étonnant est que Fernando Pessoa *n'existait pratiquement pas* quand ce livre, considéré depuis comme un des ouvrages majeurs de l'histoire littéraire du XXe siècle, est apparu.

Dix ans plus tard, en 1992, il était traduit en français et publié : c'est à ce moment que je l'ai lu pour la première fois.

C'est alors que j'ai eu envie de venir à Lisbonne.

Parce que se révélait une voix à l'évidence impérieuse :

En ces heures où le paysage est une auréole de vie,
j'ai élevé mon amour dans le silence de mon intranquillité.

Et bien sûr, la première fois que je me suis rendu à Lisbonne, j'avais avec moi ce *Livre de l'intranquillité* dont le titre m'avait agrippé et qui allait devenir pour moi une sorte de viatique. J'avais noté en le lisant quelques phrases dans ces fragments qui ressemblent à des poèmes, à des méditations, avec des divagations parfois, comme une sorte de journal intime qui n'en est pas un, un bouquet de réflexions, une chronique immobile :

Nous sommes qui nous ne sommes pas, la vie est brève et triste.
Le bruit des vagues, la nuit, est celui de la nuit même ;
et combien l'ont entendu retentir au fond de leur âme,
tel l'espoir qui se brise perpétuellement dans l'obscurité,
avec un bruit sourd d'écume résonnant dans les profondeurs !
Combien de larmes pleurées par ceux qui obtenaient,
combien de larmes perdues par ceux qui réussissaient !
Et tout cela, durant ma promenade au bord de la mer,
est devenu pour moi le secret de la nuit
et la confidence de l'abîme.

C'est ce poète qui m'a donné une envie de Lisbonne. Depuis, j'y ai emmené toutes celles que j'ai aimées, que j'aime, tant le plaisir est plus grand, chacun le sait, d'être partagé.

Venez à Lisbonne ! Viens à Lisbonne avec moi, toi que je ne connais pas encore et que je vais découvrir jusqu'à la nudité des murs. La ville est si belle et la vie est si triste et toi tu es si peau nue et si mélancolique. Prenons ensemble le tram 28, il monte et descend et remonte : parfois on voit la mer. Et laisse-toi emporter, caresser, submerger par le fado, ce chuchotement de l'âme de Lisbonne.

De hauts nuages de plomb une pluie chaude pour
Tromper le temps et mes peurs au bord du Tage où
Je me laissais bercer par la rumeur de mes fantômes
Comme un matelot qui attend sur un quai son navire

Perdu dans l'inexorable générosité des vents d'hiver
Cette conjugaison de satin sur la mer qu'on ne peut
Apprendre sans pleurer je marchais sur ces pierres
Blanches dans Lisbonne ville magnétique et amère

Avec ce chant de personne qui me rongeait ces voix
Mêlées de tant d'ailleurs que j'écoutais à l'Alfama
Amália Cristina toutes celles qui chantaient les yeux
Éperdus comme si elles venaient de manger un orage

J'aime ces voix blessées qui résonnent et glissent et
S'estompent avec les nœuds les boucles des visages
Dans cette ville où chaque soir les chevaux du soleil
S'abîment dans la mer de paille Il me restait à saluer

Pessoa assis à sa table au Brasileira exilé à soi-même
À jamais intranquille à goûter trois pasteis de Belém
En caressant distraitement mes belles ô mes si belles
Amours lusitaniennes et à marcher sur le ciel même

Un voyage à Bayreuth

Pourquoi part-on en voyage ? Pourquoi suis-je venu à Kyoto ? J'avais vu, je crois, les images de ce grand portail shinto rouge, un torii qui semblait planté dans la mer, comme une porte d'entrée vers un autre monde. J'ai su qu'il se situait à Itsukushima, sur l'île de Miyajima : je me suis juré de l'approcher, de voir cette merveille de mes yeux, sans le secours de photos, de le *toucher des yeux* — essence du voyage.

Pourquoi suis-je venu à Bayreuth ? Après une première fois en 1975, j'y étais retourné à de nombreuses reprises. J'y avais été assidu de 1976 à 1980. J'y étais revenu ensuite plus ou moins régulièrement. Mais après le *Ring* du centenaire, je ne voulais pas manquer celui du cent-cinquantenaire…

Pourtant cette raison objective, avouée, est-elle la raison profonde, inavouée, ce secret qui fait se lever un matin, boucler des valises dans lesquelles manque toujours l'essentiel, se vêtir chaudement, ou pas, se rendre dans une gare, un port, un aéroport ?

Tout le monde connaît le *Voyage autour de ma chambre* de Xavier de Maistre, frère de Joseph de Maistre, un petit livre de quarante-deux chapitres, tous très brefs, qui sont un diaire des quarante-deux jours durant lesquels il est assigné à résidence pour une affaire de duel interdit (nous sommes en 1794). C'est en fait une manière de manuel de méditation, ouverture à l'imagination, propension à une intimité jalouse, appréhension positive et réfléchie d'un goût de soi-même, tissage un rien désinvolte de toute une sédimentation culturelle qui peut, comme une balle de flipper, zigzaguer de Raphaël à Milton ou de Virgile à Platon en passant par les voyages de Cook.

On peut donc voyager, souvent très loin, parfois plus près — et c'est encore plus exotique —, mais ce besoin, qui est assurément une réponse au doute qui nous hante face au réel, est-il un réel *besoin*? À moins qu'on ne voyage dans un but précis. Pour retrouver ce qu'on connaît ou croit connaître. Pour confronter une idée, une description, un récit, des photos, au réel. Pour se placer devant un «événement» qui ne parle peut-être à personne. Ou à si peu. Pour être mis en relation avec une énigme, un secret. C'est ce qui — non pas m'est arrivé: j'écris ces lignes en 2022 — mais m'arrivera en 2026 avec ce voyage à Bayreuth.

*

Combien en a-t-il fallu faire de contorsions afin d'obtenir cette place tant convoitée, ce merveilleux sésame, pour pouvoir assister au *Ring* 2026, celui du cent-cinquantenaire donc, dans la fameuse salle en bois, au sommet de la Colline sacrée, là où est passé à travers tant de vicissitudes le vent d'un esprit qui n'a jamais cessé d'être neuf, celui de Wagner. L'équipe totalement inédite qui a été choisie pour faire vivre à nouveau cette œuvre dont tous les secrets ne se sont pas encore livrés, cette équipe n'a donné aucune interview, n'a rencontré personne, n'est apparue nulle part. On ne connaît pas leurs visages, à ces Daft Punk du théâtre et de la musique, on ne sait ni d'où ils viennent, ni ce qu'ils pensent, ni a fortiori ce qu'ils vont montrer à un public accouru du monde entier sans rien savoir — sinon que, dès que l'ombre puis le noir complet se seront faits dans le Festspielhaus, alors que le silence envahira l'espace comme une attente sans nom, un *mi* bémol majeur, grave, s'élèvera de la fosse cachée, recouverte selon le vœu de Wagner afin que les sons, comme fondus, s'en exhalent et, après avoir ricoché sur le fond de la scène, reviennent vers le public tel un fleuve impérieux.

En a-t-on tenté des manœuvres pour savoir ce qui se passait dans la salle comme blindée à laquelle on n'accédait qu'après avoir passé deux vérifications et satisfait à l'engagement sur l'honneur de ne rien révéler de ce qu'on y verrait quand chanteurs, musiciens, techniciens, régisseurs, accessoiristes, tous ces métiers qui tissent concrètement un spectacle après qu'il eut été conçu dans l'esprit d'un artiste, se retrouveraient à la cantine, derrière le théâtre, ou dans les allées, les jardins, les parkings. Quelques beaux esprits ont bien pris des mines de conspirateurs pour faire croire que, privilégiés ou amis des dieux du lieu, ils en savaient beaucoup, et plus encore, sur ce spectacle mystérieux — dont ils ne pouvaient au vrai rien dire dès qu'on les questionnait plus avant… En fait, rien n'a filtré.

Et le noir s'est fait.

Le *mi* bémol, le fameux *mi* bémol, s'est fait attendre de longues secondes, souffle coupé, oreilles tendues, tout le corps aux aguets, tous mobilisés dans un silence interminable — de combien, trente ou quarante secondes peut-être, guère plus, mais quelle attente !

Les huit contrebasses ont lancé ce fameux *mi* bémol, ce « degré zéro » de la musique, ce surgissement du monde sonore qui emmène loin, tout en étant immobile. Puis trois bassons s'y sont joints, comme si un grondement venu d'on ne sait où, du plus profond de nous-même en même temps que d'un murmure chtonien qui attendait depuis plusieurs éternités l'occasion de s'éveiller, de se déployer, de surgir, comme si ce bourdon affleurait. Puis c'est un premier cor qui a brodé sur la pédale de ce *mi* bémol toujours tenu obstinément, suivi d'un second cor, puis par les huit cors toujours appuyés sur le sol harmonique des contrebasses. Petit à petit, tous les instruments se sont éveillés dans ce portrait démultiplié d'une éclosion du monde, comme un essor qui ne s'arrêtait plus, la superposition des trames musicales s'inscrivant toujours, durant cent trente-six mesures, sur l'accord initial de *mi* bémol, obstiné, mettant justement en valeur la prolifération du monde à son origine.

Et, alors que les cent trente-cinq premières mesures avaient fait se lever sur la scène une brume épaisse, aussi bleue que verte mais opaque et presque inquiétante, à la cent trente-sixième mesure, un soleil intense a déchiré cette brume et fait apparaître soudain, inattendu, immense, occupant la totalité du fond de scène, un formidable sexe de femme, offert, irradiant de toute sa splendeur palpable, chair, peau, poils noirs couronnant une fente légèrement bâillante : *L'origine du monde* de Gustave Courbet.

J'avais vu ce tableau une première fois, il y a bien longtemps, chez Jacques Lacan, dans son domicile de la rue de Lille où il avait consenti à me rencontrer pour évoquer un texte publié en 1965, *Hommage fait à Marguerite Duras du ravissement de Lol V. Stein.* J'avais attendu dans l'antichambre tendue de velours bleu nuit où l'on m'avait introduit, avant que, d'une porte à peine visible, il surgisse : « Monsieur », de cette voix bien connue puisque je fréquentais alors le séminaire où il officiait. Un léger hochement de tête, un geste de la main m'invitant à entrer dans son bureau, une belle pièce tout encombrée de livres, de quelques objets insolites, de boîtes. Je m'y avançais avec émotion — et soudain, brutalement jeté sur mes yeux, *ce* tableau, ce fameux tableau de Courbet que je n'avais bien sûr jamais vu qu'en reproduction furtive et qui était là, au mur, *vivant.* Plus petit que dans mon imagination, mais tellement présent, presque palpitant, respirant, odorant. Lacan était debout derrière moi quand je m'en suis approché: «Un mystère, n'est-ce pas?» J'étais tétanisé.

Le retrouver à l'issue de ce long piétinement harmonique, cette formidable érection du son, cette naissance d'un monde, du monde, alors que j'étais emporté par ces vagues d'un orchestre qui peu à peu déploie sa peau, ses muscles, sa chair avant que les Filles du Rhin ne lancent leur babil, me ramenait à cette découverte du tableau, plusieurs années auparavant, mon initiation au vertige, en même temps que là, sur cette scène sacralisée du Festspielhaus de Bayreuth, ce sublime sexe ouvert, agrandi, déployé en majesté, était une invitation au voyage que la musique de Wagner allait raconter.

Le centième anniversaire du *Ring* en 1976, porté par l'imagination de Patrice Chéreau et de son décorateur, Richard Peduzzi, avait aussi, pour *La Walkyrie,* utilisé un tableau: *L'île des morts* d'Arnold Böcklin. Encore une fois, en 2026, pour ce nouvel anniversaire, le cent cinquantième, la peinture venait projeter une lumière décalée sur le *Ring* de Wagner.

En 1976, la mort, en 2026, le sexe : rien que de très attendu puisque ce sont les totems universels de la connaissance et de l'appréhension du monde. Pourquoi donc y a-t-il encore du « scandale » qui émane de ces renversements du regard ? L'alliage d'une historicisation du *Ring* en même temps que son étroit rapport à la mort avait constitué le fonds de la production inoubliable du *Ring* du centenaire en 1976. L'affichage d'une sexualisation puissante, comme révélation d'un verso inconnu, ouvrait ce *Ring* du cent cinquantenaire en cet été 2026.

Nous avons tous intensément réfléchi pour déchiffrer les arcanes de ce qui s'est avéré une pénétration subtile d'un inconscient à la fois de Wagner *et* de notre époque, celle de toutes les questions agitées depuis une dizaine d'années par les multiples minorités sexuelles qui veulent ériger leurs pratiques en vérités universelles. Le propre d'un spectacle réussi est d'agréger les questions posées par l'œuvre à celles que pose le moment de sa représentation. De *L'île des morts* à *L'origine du monde,* le temps a passé. Pourtant cette image à nu, tissée à la musique, demeure en effet « un mystère, n'est-ce pas ? ».

Mais en 2076, pour le bicentenaire, que sera-ce ?

Hanoï, au bord du lac

Dans le coude du Fleuve rouge, Hanoï a eu mille ans en 2010.

Ce n'est pourtant pas une ville fluviale — elle tourne le dos au fleuve —, plutôt une ville lacustre, avec encore soixante-dix-sept lacs (au début du XIXe siècle, elle en comptait quatre cent quatre !).

Le lac du Bambou blanc est plein de poissons et de lunes
Quand l'après-midi s'allonge et déchire la soie des yeux
Quand les couleurs du ciel parlent doux quand les femmes
Glissent sur la poussière du chemin visages d'ombre sous
Les chapeaux de feuille

Le plus touristique est le lac de la Soie blanche, ainsi nommé du fait de la présence sur sa rive d'une ancienne demeure impériale où vivaient des concubines dont la beauté s'était fanée et qui passaient leur temps à tisser de la soie blanche.

Le plus beau est le lac Hoan Kiem, ou lac de l'Épée restituée.

On le nomme ainsi du fait d'une légende qui raconte que, au XVe siècle, l'empereur Lê Thai To, alors qu'il avait entrepris une lutte contre l'envahisseur chinois, aurait reçu d'un pêcheur une épée retrouvée dans le lac. Dix ans plus tard, après avoir réussi à chasser les Chinois et alors qu'il traversait ce même lac, il fut abordé par une tortue qui lui réclamait l'épée au nom du Roi-Dragon, l'ancêtre mythique du peuple viêt. Lê Thai To comprit alors que l'épée était un mandat du Ciel pour chasser les Chinois du pays.

C'est pour commémorer ce souvenir que, au milieu du lac, se trouve l'îlot de la Tortue, sur lequel s'élève une belle tour carrée, sorte de grand stupa qui se déploie sur quatre niveaux de plus en plus étroits, en hommage à la tortue, animal sacré associé à la légende de l'épée.

Au milieu, comme dans tout stupa, est le vide. L'interrogation.

Une partie de l'âme des Hanoïens est associée à cette tour vénérée — et par extension aux tortues du lac, dont certaines, géantes, ont une longévité extraordinaire : on a ainsi photographié l'une d'elles qui y a vécu jusqu'en 2016 et dont certains « spécialistes » ont assuré qu'elle avait atteint l'âge respectable de cinq cents ans ! Ces tortues à carapace molle, dont l'envergure peut dépasser deux mètres, vivent nombreuses dans le lac et viennent parfois se chauffer au soleil sur l'îlot. Le soir, un éclairage doré fait de cette tour une sorte de palais secret que les habitants ont définitivement associé à leur mémoire… même si cette petite pagode n'a été en fait érigée qu'en 1886.

Aujourd'hui, on se presse sur les rives du lac, on s'y photographie avec la tour de la Tortue en fond, ou avec le superbe pont du Soleil levant, une arche de quarante-cinq mètres en bois laqué rouge qui relie la plus grande île du lac, où s'élève le temple de la Montagne de Jade, à la rive. C'est à l'entrée de ce pont que j'ai vu Mây.

Que reste-t-il du grand puits
De l'éclat céleste près duquel j'ai reçu le sourire de Mây
Elle avait dans les yeux la lumière de dix mille lanternes
Et le ciel était posé sur ses lèvres

Je ne l'avais jamais rencontrée et je l'ai pourtant aussitôt reconnue. Petite, menue, en large pantalon de soie noire, corsage crème à col droit sur un buste très fin, presque adolescent, un chapeau conique sur la tête, légèrement rejeté en arrière, avec les deux fils noirs noués sous son menton, elle regardait dans le vide, une main posée sur la laque rouge de la rambarde, l'autre tenant un minuscule sac en jute ivoire. Elle m'attendait.

Pas un seul jour je n'ai oublié ce vertige : elle venait
Du pont rouge sur le lac de l'Épée où nagent les tortues
J'étais figé par ces lotus sur ses paupières quand soudain
Un jeune homme sans élégance l'a appelée : Mây ! Mây !

Le soleil du soir enflammait le bas de son visage impassible, comme une page qui attend les mots. J'aurais pu lui demander si elle parlait français. Ou anglais. Ou seulement vietnamien.

Mais je n'avais rien à lui dire. Les ombres se penchaient sur le pont, le ciel se préparait à la fin du monde. Un instant, elle a comme souri. Peut-être.

La lumière limoneuse du fleuve éclairait la grande plaine
De boue et de riz éclairait les oiseaux les incendies éteints
Éclairait l'attente interminable de ce qui ne viendra jamais

Plus qu'une ville, plus qu'un printemps, plus qu'un souvenir enfui dans une fleur de soie, plus que la lune du visage de Mây, Hanoï fut une splendeur.

J'ai tant aimé cette ville entre les fleuves, son nom d'oiseau qui roule sur les lèvres, ce pont rouge sur le lac de l'Épée, là où m'est apparue Mây après le marché nocturne, son visage de jade, avec ces parfums qui s'exhalaient de toutes les rues colorées dans le quartier des trente-six corporations, rue des peignes, rue des paniers ou des oignons, rue des bâtons d'encens, rue de l'huile et rue du sel, ou rue des pipes à eau.

Près du lac Hoan Kiem.

Qu'est devenu le Fleuve rouge large comme une étreinte
Et le Temple de la littérature : je me souviens qu'il fallait
Descendre de cheval pour y entrer Et puis qu'est devenue
La pagode au pilier unique la rue des étoffes la rue du riz
Celle des bouteilles la rue du chanvre la rue des pinceaux
Celle du papier ou de la soie Que reste-t-il du grand puits
De l'éclat céleste près duquel j'ai reçu le sourire de Mây
Elle avait dans les yeux la lumière de dix mille lanternes
Et le ciel était posé sur ses lèvres Puis elle a tourné la tête
Et la nuit est tombée sur le lac Hoan Kiem

Le lac du Bambou blanc est plein de poissons et de lunes
Quand l'après-midi s'allonge et déchire la soie des yeux
Quand les couleurs du ciel parlent doux quand les femmes
Glissent sur la poussière du chemin visages d'ombre sous
Les chapeaux de feuille L'une m'a regardé elle s'appelait
Mây Pas un seul jour je n'ai oublié ce vertige : elle venait
Du pont rouge sur le lac de l'Épée où nagent les tortues
J'étais figé par ces lotus sur ses paupières quand soudain
Un jeune homme sans élégance l'a appelée : Mây ! Mây !
Et la nuit est tombée sur le lac Hoan Kiem

La lumière limoneuse du fleuve éclairait la grande plaine
De boue et de riz éclairait les oiseaux les incendies éteints
Éclairait l'attente interminable de ce qui ne viendra jamais
Les nuits étaient pleines de fêtes De la tour du Pinceau aux
Rues imaginées de l'île des Merveilles l'air était bleu : on
Le prenait dans la main à l'heure des oiseaux en caressant
Ce nom pour l'illumination : plus qu'une ville plus qu'un
Printemps plus qu'un souvenir enfui dans une fleur de soie
Plus que la lune du visage de Mây Hanoï fut une splendeur
Et la nuit est tombée sur le lac Hoan Kiem

J'ai tant aimé cette ville entre les fleuves qu'est mon Hanoï
Son nom d'oiseau qui roule sur les lèvres là où est apparue
Mây son visage au bord d'un lac après le marché nocturne
J'ai tant aimé ce pays bleu le ciel posé sur l'île de jade avec
Les parfums qui s'exhalaient des pagodes l'écharpe douce
De ses soirs dans le quartier des trente-six corporations rue
Des peignes rue des paniers ou des oignons rue des bâtons
D'encens rue de l'huile et rue du sel ou rue des pipes à eau
Toutes les rues où chercher une femme inconnue tant aimée
Et la nuit est tombée sur le lac Hoan Kiem

Halong, crachat magique

Après ces jours de grâce à Hanoï, on m'avait dit que je « devais » aller voir la baie d'Halong. Cette injonction aurait pu constituer la matière de ma réticence : je n'aime guère les circuits obligés, les visites « à ne pas manquer », les transhumances. J'ai balancé, lu quelques récits, et j'ai découvert la « naissance » de cette baie : j'y suis allé.

Halong où sonne la longue mélopée sonne l'eau
Sombre du grand cimetière marin où résonnent
Les hauts fantômes de pierre grise qui attendent
Peut-être le gong de quelque cérémonie secrète
Les cloches étouffées et mille cyclopes debout
Sonne l'eau sombre du grand cimetière marin l'
Âge qui recouvre soudain mes mains de fleurs
Avec le rouge sous la peau c'est un orage muet
Au jardin d'ombres pétrifiées Tout autour l'eau,
Sereine, inquiétante

Dans des temps au-delà du temps, l'Empereur de jade a envoyé une mère-dragon protectrice descendre du Ciel avec ses enfants pour aider les Vietnamiens à se défendre contre les envahisseurs. Toute cette belle famille de dragons a craché des bijoux et des joyaux, perles, jade, dans la baie d'Halong — et ceux-ci se sont transformés par magie en îles et îlots devant les navires des envahisseurs. La mère-dragon a choisi de descendre à Halong, sans doute parce que l'espace y était suffisamment vaste pour accueillir les mille neuf cent soixante-neuf îles et îlots qui y sont répertoriés.

La famille dragon a fait un bon investissement puisque le site, élu en 2011 « une des sept nouvelles merveilles de la nature », est une des plus importantes destinations touristiques du monde, avec plus de deux millions et demi de visiteurs par an ! Neuf cent quatre-vingt-neuf des îles ont été baptisées, souvent selon leurs formes (de l'île de l'Éléphant à celle du Coq de combat ou celle du Singe), d'autres sont anonymes et concentrent peut-être des secrets, certaines offrent à la visite la surprise de leurs grottes merveilleuses.

Mais c'est quand le soir tombe qu'il faut se rendre dans la baie d'Halong, quand les chalands encombrés de grappes de touristes sont repartis et qu'il ne reste que quelques jonques silencieuses, glissant sur les eaux sombres jusqu'à une crique entre deux îlots où l'on peut jeter l'ancre. C'est alors seulement qu'on peut goûter le mystère de cette baie unique au monde.

Derrière les voiles rouges, on aperçoit le soleil qui ricoche d'une île à l'autre avant de se cacher derrière une de ces petites montagnes arrondies et recouvertes de forêt tropicale.

Bientôt, la lumière se défait, le ciel s'embrase comme pour un dernier combat, la nuit enveloppe les rochers, les fait disparaître l'un après l'autre, ne laissant que quelques fanaux vacillants qui délimitent le dessin des grandes stèles. L'air est doux, un rien sucré, l'eau est noire, on entend quelque gong sourd frappé par des fantômes avec leurs mains de vent.

Un silence palpable se pose sur la jonque, on se tait. Chacun médite sur ce dont il ne se souviendra plus quand le corps aura retrouvé la terre ferme. On se sent dans un entre-deux de la conscience.

Halong toutes ces stèles dédiées à quels dieux
Quels démons indéchiffrables à quelle longue
Plainte qui remonte du fond sombrement vert
Peut-être un gong une lente cérémonie secrète
Pendant qu'un cri noir pélagique vous fouille
La peau les os les paupières creusant très loin
Jusqu'à cette longue plainte qui remonte l'âge
Et rouge recouvre soudain vos mains de fleurs
Dans vos veines dans votre mémoire jusqu'au
Silence primitif

Je me souviens m'être penché par-dessus le bastingage de bois ciré : l'eau alentour était un gouffre qui appelait. Ma compagne me tenait fermement la main, inquiète.

Quand on ne sait pas le pourquoi des choses, l'inquiétude est une autre voix de la tendresse.

J'ai serré sa taille, elle frissonnait, j'ai ramassé un plaid en laine claire que j'ai posé sur ses épaules — et nous avons de nouveau conjugué nos silences en regardant ces ombres mouvantes, ces stèles de quelque cimetière marin d'où semblaient sourdre des bruits de cloches enfouies.

Halong : oiseaux noirs effrayants tous ces oiseaux
Tombés des hauts arbres de pierre s'envolent dans
La peau les os les paupières creusant très loin sous
Les hauts fantômes lumières grises qui t'attendent
Au jardin d'ombres pétrifiées et tu ne sais pourquoi
La baie se fige telle une armée muette tu demandes
À qui personne pourquoi tu es convié à cette parade
De l'eau et des nuages tandis que le ciel se referme
Comme une main sur le soir Il est l'heure peut-être
De croire à tes rêves

L'imagination est décuplée dans un tel lieu, dans le balancement des vagues lentes, sans plus aucun repère dans le ciel ni sur l'eau. On essaie de voir quelque chose, on ne sait quoi. Et puis on n'essaie plus. Le jardin d'ombres est sans clôture : on ne sait pas vraiment où l'on est, où l'on va — mais on ne va nulle part.

On ne sait pas vraiment quel est le temps qui bat
et si nous sommes encore au monde.

Halong les milliers de rochers s'effacent peu à peu
Chacun dans le silence a posé son pinceau Écoutez
Les hauts fantômes de pierre grise qui vous tendent
La peau les os les paupières creusant très loin sous
L'âge qui recouvre soudain vos mains Fleurs pâles

Des tortues éternelles qui veillent sur les mots ceux
D'avant la mémoire On est seul au milieu des eaux
Seul dans l'ombre de soi seul dans la contemplation
De cette armée pétrifiée qui laisse bouche bée dans
La longue nuit d'Halong

Mékong, la rivière des Neuf Dragons

Mae Khong, Mère de tous les fleuves. Mékong. Plus de quatre mille cinq cents kilomètres. Le fleuve turbulent coule longtemps en Chine, puis fait frontière entre Birmanie et Laos, entre Laos et Thaïlande. Enfin, au Cambodge et au Viêt Nam, il devient Song Cuu Long, la rivière des Neuf Dragons.

J'ai remonté cette rivière au printemps.

Un courant puissant, des eaux opaques, bleu-vert, plomb liquide, charriant sans cesse ces jacinthes d'eau en grappes, en buissons flottants, qui dessinent une cartographie mouvante à la surface de la rivière. Car il y a comme une urgence pour les eaux à rejoindre le delta. Remonter le Mékong, c'est véritablement aller à contre-courant.

On embarque à Hô Chi Minh-Ville — qu'on a connue Saïgon jusqu'en 1975 —, le bateau n'est pas très grand, une poignée de cabines en bois ciré, un pont arrière au toit de toile brune, avec de profonds fauteuils en rotin encombrés de coussins ocre, les pales au-dessus des têtes brassent un air tiède — le temps qui passe et ne passe pas.

Dès la berge quittée, les oiseaux nous escortent.

Je vois passer au loin des jeunes femmes, drapées dans des étoffes magnifiques, qui se hâtent vers je ne sais quel rendez-vous. L'une d'elles a une fleur rouge dans ses cheveux noirs : j'aimerais la respirer.

Un peu plus tard, alors que le ciel s'engourdit, j'attends la mélopée des bêtes cachées au milieu des herbes, j'attends qu'on me raconte des histoires mi-secrètes mi-sauvages, j'attends que la nuit qui tombe trop vite esquisse mes rêves. Le bateau glisse comme un patin sur le parquet ciré de ma grand-mère. On y chuchote, on s'y tait beaucoup, un verre en main, à l'arrière de ce petit steamboat.

Au matin, ce sera tout à l'avant qu'on scrutera les secrets des berges céladon sur lesquelles se cachent des regards qui pourraient m'en dire long. Pierre Loti est passé par là, peut-être entouré de mandarins vêtus de noir auprès desquels il se renseignait. Il y a des lieux où le temps ne passe pas et où l'on peut être qui l'on désire.

J'ai, comme toujours, emporté des livres, des revues, des pages lues ici ou là et qu'on sait avoir un jour envie de relire — tel ce poème de Ho Xuan Huong, une poétesse vietnamienne du XVIIIe siècle, que j'ai lu il y a quinze ans dans *La Lettre du Mékong* :

Frémissement de la brise d'été
À peine allongée, la jeune fille s'assoupit
Le peigne, de ses cheveux, a glissé
Le cache-seins rouge s'est défait
Pas de rosée sur les deux collines du Pays des Fées

La source aux fleurs du Pêcher ne jaillit pas encore
L'homme de bien, hésitant, ne peut en détacher sa vue
Partir lui est pénible, mais inconvenant de rester.

Peut-être aurais-je dû prendre les *Notes de chevet* de Sei Shonagon, ce beau livre né il y a un peu plus de mille ans (il a été achevé en 1002). Écrit par une dame de compagnie de l'impératrice du Japon Fujiwara no Teishi, il collectionne toute une série d'impressions, d'anecdotes, de regards sur les choses particulières ou désolantes, détestables ou qui font battre le cœur ou encore qui font naître un doux souvenir du passé, sur les gens qui ont un air de suffisance ou sur ceux à propos desquels on se demande si leur aspect aurait autant changé, supposé qu'ils fussent, après avoir quitté ce monde, revenus dans un autre corps, sur les instruments à cordes, sur les fleurs des herbes, sur ce qui éveille la mélancolie ou ce qui frappe de stupeur, sur ce qui fait honte, sur le temps qui passe, l'aurore au printemps, sur les habits sans doublure, sur les maladies, sur les choses difficiles à dire…

Il faut partir en voyage avec des livres, pour confronter notre regard aux mots qui ont vu telle montagne, telle rivière, telle femme aimée.

Je relis Pétrarque, son ascension du mont Ventoux, surtout ses sonnets, innombrables, le *Canzoniere*, pour chanter la carnation du visage, la lumière de la peau de Laure. Je découvre, entre les berges du Mékong sur lesquelles ricochent des soleils successifs, que Laure, la Laure « aux blanches mains », venue de Noves, en Provence, s'appelait Laure de Sade : oui, c'est l'aïeule du sulfureux marquis ! Elle s'est en effet mariée en 1325 avec un Hugues II de Sade dans la chapelle des Pénitents-Blancs de Noves. J'aime ces parallèles entre l'Histoire et le réel tranquille : à quelques pas de moi, une jeune femme vêtue d'une robe qui est comme un nuage blanc, dort. Je la regarde, je l'aime.

Je lis que, le 6 avril 1327, alors qu'elle sortait de l'église du couvent de Sainte-Claire à Avignon, Laure de Sade a été vue, brièvement, par François Pétrarque, né Francesco Petrarca à Arezzo, qui avait alors vingt-quatre ans : de ce regard naîtra un bouquet de poèmes qui vont faire exister cette jeune femme, de dix-sept ans alors, dont l'étonnement premier du poète est que « sa démarche n'avait rien de mortel ». Cette « existence » est celle de la poésie.

Lire Pétrarque en remontant le delta, en remontant le Mékong, en remontant le temps au milieu des jacinthes d'eau, est un geste poétique assurément.

À six heures du matin assis seul à l'avant du bateau
Enroulé dans mon peignoir blanc je suis Pierre Loti
Remontant le Mékong vers Phnom Penh et Angkor
Dans la douceur émolliente bleue d'un air immobile
Je suis si loin de moi coulé dans la cuiller de l'oubli
J'invente l'éternité

Sur la rivière des Neuf Dragons je vogue vers le pur
Remontant le Mékong vers Phnom Penh et Angkor
Dans la douceur émolliente bleue d'un air immobile
Le fleuve est plus large qu'une main plus large que
Le ciel Une musique bleue laiteuse éveille les toits
Vernissés Les berges de fleurs répandent des odeurs
Sucrées Dix mille jacinthes d'eau filent vers le delta
Silence minéral

Dans le brouillard tiède de l'aube, nous remontons
Le Mékong vers Phnom Penh et Angkor remontons
Dans la douceur émolliente bleue d'un air immobile
Le fleuve immense, sans horizon Une barque plume
Aspire les premiers rayons Des hauts coussins verts
De la berge, longaniers palmiers manguiers, dévalent
Mille confettis d'oiseaux blancs, une dégringolade —
Sans un bruit

Des pirogues long bec pointu glissent légères libellules
Des bananiers s'allument sur le rivage au milieu du vert
Remontant le Mékong vers Phnom Penh et Angkor dans
La douceur émolliente bleue d'un air immobile j'admire
L'eau blette où le soleil joue avec des confettis de mica,
Ricoche de partout, pourtant ne luit jamais dans le ciel,
Son bleu toujours empaqueté de nuages soyeux, reflet d'
Un matin sur le Mékong

Dans sa barque comme un trait tracé sur l'eau au pinceau
Quelle beauté contemple le pêcheur à la nuit quel bouddha
Se révèle quelle lumière lui parle dans le lent friselis d'eau
Cette caresse au milieu des jacinthes d'eau qui l'escortent
Alors que dans la douceur émolliente de ce ciel immobile
Je remonte si loin le Mékong vers Phnom Penh et Angkor
La beauté vient-elle pour lui du ciel ou du poisson argenté
Qui brille dans ses mains

Midi sa lassitude sa somnolence au parfum d'orchidée
Remontant le Mékong vers Phnom Penh et Angkor
Dans la douceur émolliente bleue d'un air immobile
Lumière d'or sur le chemin nous marchons sans hâte
Sous la bâche brûlante de l'air vers le champ de lotus
Phong notre guide sourire fuchsia nous montre au loin
La brume blanche incandescente, un envol d'oiseaux,
Une feuille de sagesse

Remontant le Mékong vers Phnom Penh et Angkor
Dans la douceur émolliente bleue de l'air immobile
Phong aborde une berge comme un jardin secret et
Me montre une fleur : comme celle que tu connais
Elle est un fin dessin resserré sur son cœur si fragile
La soie de sa tunique peut se déchirer d'un souffle
Elle a le parfum d'un baiser la discrétion d'un jour
Qui annonce la réalisation d'un vœu elle est l'aube
De l'amour mais elle ne survit guère au soir : c'est
La rose éphémère

Cette chaleur languide d'après-midi achève d'éteindre
Les choses et le temps derrière les palmes qui ondulent
Remontant le Mékong vers Phnom Penh et Angkor dans
La douceur émolliente bleue d'un air immobile Lumière
D'or sur le chemin Nous marchons sans hâte et les voici
Elles passent avec des yeux ambrés de bayadères, elles
Me regardent, je le crois Cette belle tunique or mourant
Donne à leur corps, de loin, un doux parfum de jasmin
Le prénom du désir

Les femmes d'ici ressemblent toutes à des princesses,
Semblent glisser doucement sur le sol, en apesanteur
Leurs pantalons de soie noire effacent le mouvement
Dans la douceur émolliente bleue d'un air immobile
Elles sont l'heure nonchalante après le bain parfumé
Ou l'odeur entêtante des manguiers qui ferait oublier
Le Mékong Phnom Penh Angkor qui ferait imaginer
Une danse entre leurs bras

Gris délicat d'une île plate au milieu du fleuve
Reflets d'étain entre les arbres apaisés du matin
Alors que je glisse vers Phnom Penh et Angkor
Dans la douceur émolliente d'un ciel immobile
Quelques buffles blancs se baignent indifférents
Leurs cornes incurvées comme un toit de pagode
Plus loin un bonze enveloppé de safran me sourit
Avec une infinie douceur

Le pavillon du clair de lune attend les rêves en voyage
Remontant le Mékong vers Phnom Penh et Angkor dans
La douceur émolliente bleue de l'air immobile Lumière
Dans la nuit verte le silence des arbres et des mousses
Gît sur la terrasse des audiences Le sommeil se nourrit
Aux vergers de l'oubli Les villages dorment, attendant
De mourir Mais, de la pagode, un peu d'encens s'élève
Vers le ciel

Vient le soir qui tombe ici comme un rideau de soie
Remontant le Mékong vers Phnom Penh et Angkor
Dans la douceur émolliente bleue d'un air immobile
À l'avant du bateau le ciel se tourne vers l'inconnue
La rosée du crépuscule colore la peau d'une femme
Tête penchée robe de gaze main posée sur la poitrine
On dirait qu'elle rêve Je regarde la femme que j'aime
Elle est belle

Un voyage en train

Je l'ai regardée comme si je la connaissais, c'est-à-dire comme si je la reconnaissais. Où l'avais-je vue déjà ? À la pharmacie me semblait-il ? Une cliente ou une préparatrice ? Ou bien l'y avais-je alors reconnue parce que je l'aurais rencontrée auparavant ? J'avais eu affaire à elle : était-ce *dans* la pharmacie ou en en sortant ? Ou dans un escalier qu'elle montait quand je le descendais ? Je n'avais pas bien compris ce qu'elle m'avait dit alors : il y était question de se soigner — et cela faisait pencher vers une pharmacienne — et de Hamlet — et cela faisait pencher vers l'inconnu. Souvent me reviennent ainsi des bribes que j'essaie de reconstituer afin de leur trouver un sens qui s'éloigne toujours, comme un mot qu'on a sur la langue et qui ne s'avère jamais. Une perception labile du temps. Un brouillard.

Il me semble qu'elle avait alors le visage clair — peut-être s'appelait-elle Claire, je ne sais plus, ou Blanche, Pâle, Aurore, tous ces prénoms mêlés — et des cheveux qui dansaient sur son visage.

Voulait-elle me dire quelque chose ? Mais je la voyais disparaître entre les draps de l'eau, comme si elle se noyait, comme si elle n'avait été qu'un passage, une aile qui m'avait frôlé l'esprit. Un souffle. Le signe peut-être que je devais me soigner.

Quand je l'ai revue, dans ce train brinquebalant au milieu d'une grande plaine où des femmes courbées s'affairaient dans les rizières, cachées sous leurs chapeaux coniques, c'était combien de jours après, de semaines, de mois, d'années, je ne sais pas, je l'ai tout de suite reconnue. Elle aussi sans doute puisqu'elle s'est précipitée vers moi, m'a regardé avec des yeux suppliants — et s'est enfuie en courant dans le wagon. Je l'ai poursuivie, instinctivement, je l'ai rattrapée à l'autre bout, je l'ai happée contre moi, elle s'est jetée dans mes bras avec quelque chose d'un désespoir total, s'agrippant à mes épaules, serrant mes bras, son visage barré de cheveux en désordre, comme si elle voulait s'enfouir en moi : c'était un vent violent, un ouragan, une chute dans le néant.

J'ai voulu l'embrasser, elle s'est laissé faire d'abord puis, comme si l'électricité lui traversait les lèvres, a labouré ma bouche avec un feu dont le souvenir me brûle encore. Et je sentais contre ma poitrine ses seins qui faisaient des vagues, un roulis intense, le cœur battant le cœur. Autour de nous il n'y avait rien, des voyageurs indistincts, gris, flous. Je crois qu'un facétieux m'a, au moment qu'il allait descendre, pincé le nez, mais ça m'était indifférent. Nous étions deux masques emportés par une tempête au-dessus de la plaine, de la plage, de la mer, du mouvement obsédant du train qui roulait vers je ne savais où. Et je m'en fichais.

Mandalay, un poème

Remontant vers le nord après le Mékong, je roule et marche vers la Birmanie afin de découvrir Mandalay, son célèbre fort qui abritait l'immense palais royal et surtout la pagode Kuthodaw et ses sept cent vingt-neuf stupas qui constituent le *Tipitaka*, considéré comme « le plus grand livre du monde », chaque stupa contenant une stèle de marbre sur laquelle est gravé un des textes essentiels de la doctrine bouddhique.

On surnommait autrefois Mandalay la cité du jade, la cité des joyaux : il n'en reste plus rien. Il ne reste d'ailleurs plus rien de rien à Mandalay. Du fort ne subsistent en fait que quelques morceaux du mur d'enceinte ocre. La reconstitution du palais royal est trop léchée. Les rues de la ville sont d'une banalité triste. Des scooters y foncent, des vélos en grappes, chargés de sacs, zigzaguent avec des trishaws aux couleurs criardes, quelques automobiles poussives se faufilent, des camionnettes-autobus crachent une fumée noire (c'est le « Diesel Power »), ça klaxonne de partout. Les feux sont en panne à tous les carrefours. Les hôtels appartiennent à des Chinois.

Au bord d'un trottoir, deux jeunes femmes s'invectivent violemment, l'une est en noir, l'autre en blanc et ocre. Très maigres toutes les deux. On sent qu'elles sont prêtes à en venir aux mains. Pourquoi ? Un amant à se partager ? Un rêve piétiné ? On les regarde de loin, sans intervenir. Un homme s'approche bientôt, semble ne savoir trop que faire, ne leur dit rien. Ou chuchote imperceptiblement. Le ton monte entre les deux femmes. Une gifle fuse. Des cris. L'homme tend le bras pour fendre l'air entre elles. Il fait chaud, moite, poussiéreux. Le ciel est plombé. Pourquoi être venu à Mandalay ?

Mais les stupas de la pagode Kuthodaw sont un éblouissement : on y circule entre les pages de ce « livre » immense qui contient le cœur même de cette sagesse, à la fois doctrine, exégèse de cette doctrine, règles, paroles attribuées au Bouddha. Chaque stupa est exactement semblable à tous les autres : on marche doucement entre les lignes de ce poème sublime. On y est une plume, un peu d'encre, presque rien.

Là est le tout.

Je me suis alors souvenu du poème de Rudyard Kipling qui m'avait donné envie de me rendre sur la route de Mandalay : c'est ainsi parfois qu'on croit voir ce qui n'a été qu'un souvenir écrit.

Mais le poème de Kipling est si beau :

C'est là-bas que je voudrais être,
à Moulmein près de la vieille Pagode
regardant paresseusement la mer,

sur la route de Mandalay, où la vieille flottille est en panne,
l'infirmerie sous le taud quand nous allions à Mandalay !
Ô route de Mandalay, où jouent les poissons volants,
Et l'aurore se lève comme l'orage en Chine,
de l'autre côté de la Baie.

Pour suivre Kipling, je vais à Moulmein (dont le nom signifie « œil perdu » car un roi môn y perdit un de ses yeux). Mais je ne trouve pas la vieille pagode.

Je veux parler, aux Birmans et Birmanes que je rencontre, de Aung San Suu Kyi qui est si belle, si courageuse, qui veut libérer son peuple de la peur — mais on ne me répond pas. J'ai écrit un poème sur elle, il y a dix ans, dans un livre, *Les sept prénoms du vent* : j'y parlais de « son beau visage de sacrifiée », j'y disais que « chacun de ses gestes est une rose offerte » ou encore qu'« elle est la lenteur du matin et la force du jour celle qui ne ploie pas celle que l'épaule du soir tutoie sans la coucher au sol ». J'essaie encore de parler d'elle, Aung San Suu Kyi — mais on ne me répond toujours pas.

Il est temps de traverser le golfe du Bengale, vers le Tamil Nadu, le pays des Tamouls, à l'extrême sud de l'Inde.

Mais d'abord…

Delhi, soie et silence

La première fois que je suis venu en Inde, c'était avec Rudolf Noureev et le ballet de l'Opéra de Paris, au début de 1985. Nous sommes arrivés à New Delhi sous un soleil de Nouvel An qui éblouissait — jusqu'à ce choc premier en sortant de l'aéroport, un petit homme pieds nus, vêtu seulement d'un morceau de tissu jaunâtre, se plantant devant moi, le visage grimaçant, la peau très sombre, le nez à moitié rongé, les doigts tordus de cette main tendue eux aussi presque mangés, la lèpre ! J'ai réprimé un cri, jeté instinctivement une poignée de ces roupies que nous venions les uns et les autres d'acheter au bureau de change de l'aéroport. Le petit homme s'est penché, a ramassé les pauvres billets, s'est éloigné en clopinant sans un regard, j'étais oppressé. Doucement, notre accompagnateur m'a conseillé de ne plus recommencer : cela, m'a-t-il dit, allait attirer d'autres de ces mendiants exhibant obscènement les marques de leur maladie pour exciter la pitié. De fait, quelques autres, tels des clones, s'avançaient : on m'a poussé avec plusieurs danseuses dans un minibus climatisé, avec de petits rideaux de soie pâle aux vitres. Nous nous taisions.

Rudolf Noureev était parti, lui, dans une longue berline noire, seul. C'est d'ailleurs cette solitude qui m'a frappé durant tout ce séjour en Inde. Alors que danseuses et danseurs pépiaient joyeusement, lui, à côté, semblait absent, les yeux perdus dans un nuage intérieur. Ou bien fixant soudain tel groupe d'hommes sur un trottoir, intensément, regard brûlant, comme resserré sur lui-même, sans un mot. On aurait dit qu'il s'imbibait, comme une éponge, de toutes ces scènes de rue, belles ou atroces, le fort Rouge, ses hauts remparts de grès rouge qui semblent flamber, incendiant les yeux de lumière, une splendeur — et à la sortie, ces dizaines de petites filles, elles peuvent avoir dix ans, douze ans, qui brandissent des bébés hurlants (leurs frères ? leurs sœurs ?), aux bras ou aux jambes coupés, afin, encore une fois, d'exciter la pitié et de récolter une poignée de roupies, jetées pour ne pas voir…

Un matin, Rudolf m'a demandé de l'accompagner au grand souk de Chandni Chowk afin d'acheter des tissus. Nous avons marché dans ces ruelles encombrées, empreintes de mille odeurs et parfums, Rudolf a demandé plusieurs fois son chemin à partir d'un papier plié qu'il tenait dans le creux de sa main, nous avons fait vingt tours et détours. Quand je l'interrogeais sur la certitude qu'il avait de trouver certain magasin qu'on lui avait recommandé, il me regardait en souriant, sans rien dire, puis repartait vivement dans sa quête du temple des soies. Finalement, nous sommes arrivés au bout d'une ruelle très étroite, on a soulevé un rideau sur notre passage et nous avons pénétré dans une vaste pièce au toit en conque passé à la chaux, où s'entassaient des centaines de tissus, les uns sur les autres, comme un immense tapis vertical. Deux hommes se tenaient assis à même le sol, deux autres, vêtus d'amples tuniques blanches (ou à peu près...), étaient debout, accueillants. Ils ont tenté de converser avec Rudolf qui n'a prêté aucune attention à leur tirade toute prête. Sans un mot, il a désigné deux piles de soieries grenat : on les a tirées puis déroulées à ses pieds. Puis ça a été des violines, des ocre, des mauves, des pourpres, plusieurs teintes de pourpre, des dorées, des couleurs de nuit, des amande, rubis, bleu de four : les rouleaux, les piles se défaisaient, se reformaient, s'amoncelaient, s'accumulaient dans un coin, près de l'entrée, s'assemblant en une sorte de haute tour de soies aux textures variées mais dont la collection semblait ne jamais pouvoir s'arrêter. De temps à autre, Rudolf me regardait, avançait le menton pour solliciter un avis, une approbation, que je n'avais aucun mérite à donner tant j'étais fasciné par cet amas souple et rayonnant, lumières multiples, matières sensuelles qu'il caressait, malaxait.

Puis soudain, il a fait signe que ça suffisait, a expliqué qu'il fallait les porter jusqu'à la voiture qui nous attendait à un endroit convenu. Il a sorti d'une de ses poches un rouleau de billets, a parlementé avec celui qui semblait le principal des vendeurs de cette étonnante cave à soies, a payé sans s'attarder puis a vérifié qu'on empaquetait bien cet invraisemblable trésor — et m'a fait le signe de lever le camp. Plusieurs porteurs sont apparus, se sont répartis les ballots, nous leur avons emboîté le pas jusqu'au lieu de rendez-vous. Le coffre a été vite rempli, Rudolf a fait poser plusieurs des paquets à même le sol de la limousine à l'arrière de laquelle il s'est étendu, tout environné de soies, crevant un des sacs pour y plonger avidement les mains.

J'ai essayé de lui parler, l'interrogeant sur la destination de toutes ces soies, sur les couleurs qu'il affectionnait, sur les matières, sur sa volonté peut-être d'en faire tailler des costumes, des étoles, des rideaux : encore une fois il m'a fixé de son invraisemblable regard sombre, a esquissé un sourire qui se voulait peut-être complice, a déplacé sa casquette vers l'arrière de son crâne — et a fermé les yeux.

Quelques semaines plus tard, à Paris, quai Voltaire, dans son grand appartement ouvert sur la Seine, en fin d'après-midi, une lumière mordorée, Noureev enveloppé d'une longue tunique rouge sombre striée de larges bandes safran. Des cannes cirées dans un coin. Une aristocratique nonchalance du maître de maison, sultan rêveur passant d'un coin à l'autre, caressant ces étoffes riches, velours, taffetas

Soie pâle et silence soyeux ses soirs de soie enveloppé dans
Ses caftans grenat la Seine entre soi ce souvenir à ses pieds

Puis ça les violines les ors ocre les mauves pourpres teintes
D'épaules aisselles et d'ambre et dos cambré cuisses levées
Dorées couleur de mille nuits d'amande rubis bleu de four

S'arrêtant un instant, me regardant avec ce sourire qui paraissait toujours suspendu sur une révélation — qui ne venait pas : « Vous vous souvenez ? »

Les rouleaux déliés piles effondrées reformées amoncelées
Hautes tours de soies accumulées rivières de textures variées

Que rien ne pouvait arrêter amas de chairs luisantes saoules
Dans le rayonnement du soir qui caressait l'infinie soie des
Peaux frissonnantes accablées de désir et mâchées d'ombres

Et de sexe et de sang mêlés d'odeurs et de natures mortes à
La langue aux yeux de soie toujours depuis le temps toutes
Les bayadères corps déployés lui au milieu comme chez soi

Rudolf Noureev m'a fait *voir* une Inde que je n'ai jamais retrouvée quand j'y suis retourné sans lui. Cette Inde rêvée qui se reflétait dans les lumières de fin d'après-midi de son appartement au bord de la Seine. Cette Inde qu'il a offerte éternellement au public avec ce ballet, *La Bayadère*, hérité de ses années à Saint-Pétersbourg (qui s'appelait alors Leningrad) et dont, en 1992, il a donné une version somptueuse, qui représente aujourd'hui son testament. Noureev y travaille avec une passion désespérée durant les derniers mois de sa vie, alors que le sida le ronge. La création, le 8 octobre 1992, est triomphale et son apparition sur scène à la fin, exsangue, bouleverse tout le monde : il est encore une fois enveloppé dans un de ces caftans à l'intérieur desquels il semble flotter, déjà immatériel. Le ministre de la Culture, Jack Lang, lui remet la médaille de commandeur des Arts et Lettres. Un faible sourire. Il est ailleurs, dans le souk de Chandni Chowk à New Delhi peut-être.

Les bayadères corps déployés lui au milieu comme chez soi

Quelques années plus tard, autre souvenir, autre poème de soie et de silence, le Taj Mahal. Je suis parti de New Delhi alors que la nuit s'accrochait encore aux toits : on m'avait dit qu'il fallait s'y rendre tôt, très tôt, pour éviter la déferlante des camions sur la route, pour éviter la déferlante des touristes, pour éviter la chaleur moite.

Il était à peine plus de six heures quand je suis arrivé. L'air était déjà tiède mais pas du tout étouffant, la lumière encore pâle, un peu rose, la rivière Yamuna en contrebas s'écoulait tranquillement. Le marbre blanc du mausolée commençait à scintiller sous les premières esquisses du soleil. Je me sentais retenu, comme sur le seuil d'une chambre dans laquelle l'amour cultivait son jardin. Remontant l'allée de graviers saumon vers le haut bâtiment cerné d'un mur de marbre, avec une tour minaret aux quatre coins de l'enclos, je me remémorais en marchant la belle histoire d'un immense amour qui l'a fait naître.

Le cinquième empereur moghol, Shâh Jahân, né en 1592 à Lahore, est considéré, au début du XVIIe siècle, comme le plus compétent des quatre fils de l'empereur Jahângir. À la mort du vieil empereur, en 1627, une violente guerre de succession éclate : Shâh Jahân en sort victorieux en mettant à mort tous ses rivaux. Il est couronné en 1628. L'année suivante, il épouse la princesse Kandahari Begum — mais il est alors déjà marié à Arjumand Bânu Begam, qui sera connue sous le nom de Mumtaz Mahal. Il avait rencontré cette très belle jeune femme à l'âge de quinze ans, elle-même en ayant alors quatorze.

Il semble qu'ils se soient tout de suite aimés, et se soient considérés comme fiancés.

D'un regard d'un geste des mains vers les yeux d'un souffle
D'un accord qui ne parle à personne D'un ciel apprivoisé
Pour eux D'un parfum secret d'un aveu sous la peau déjà
D'un immense soulèvement D'un amour plus pur que tout
D'un temps au-delà des mots et du ciel ils se sont reconnus

Mais ce n'est qu'à dix-neuf ans, le 10 mai 1612, que Mumtaz Mahal épouse Shâh Jahân : elle est alors sa troisième épouse, mais elle devient aussitôt sa favorite. Que l'on ait à l'époque chanté l'intense amour de ces deux jeunes gens montre que la chose n'était pas fréquente — et expliquera peut-être la suite.

Des mains des yeux des seins tous les portiques de ce corps
Le blé sifflant des cheveux les cerises à bouche que veux-tu
Tout ce qui glisse vers les cuisses et enivre et déchire toutes
Les bouches Ce lait du corps lapé dans la chambre d'avril

Ces lèvres aspirées pour avaler du ventre gémissant le feu
Entre les broussailles ruisselantes et l'autre main creusant
Les reins le soulèvement du corps en arche cet infini désir

Toujours est-il que la princesse Mumtaz Mahal (dont le nom signifie « la merveille du palais ») accompagne régulièrement l'empereur dans ses visites jusqu'aux confins de l'empire et même dans ses campagnes militaires. C'est justement au cours d'une de ces dernières, à Burhanpur dans le Madhya Pradesh, au centre de l'Inde, qu'elle meurt en donnant naissance à son quatorzième enfant, Gauharara, le 17 juin 1631, à trente-sept ans. Shâh Jahân est désespéré. C'est pour elle qu'il va faire construire le Taj Mahal dans sa capitale, Agra.

Il faut d'ailleurs savoir que l'empereur, mécène avisé, a fait élever, tout au long de son règne, des bâtiments dont le raffinement esthétique a marqué son époque et constitue encore aujourd'hui un patrimoine essentiel, du fort Rouge d'Agra à la mosquée Jama Masjid de Delhi, une des plus grandes et des plus belles mosquées de l'Inde, toute parée de grès rouge. Et puis les fameux jardins de Shalimar à Lahore, disposés sur trois terrasses, avec des pavillons bordant de vastes pièces d'eau, le *jardin en rouge* réservé aux épouses de l'empereur, le *jardin en vert*, parfois ouvert au public, et entre les deux le *jardin en bleu*, réservé à l'empereur, autour duquel s'élèvent des kiosques. En 1925, Jacques Guerlain a d'ailleurs créé son fameux parfum Shalimar en hommage à la belle princesse Mumtaz Mahal, y mélangeant le citron, la bergamote, la rose, l'iris, le jasmin, l'encens, la vanille et l'opopanax.

La beauté du Taj Mahal est à la mesure de la douleur de Shâh Jahân. Un grand portique de grès rouge et de marbre blanc incrusté de pierres dessinant des fleurs ocre et vert à l'entrée du site : on est impressionné. Mais c'est bien sûr le mausolée lui-même qu'on attend de découvrir : il est là, au bout de l'étroit bassin flanqué de cyprès, irréel dans la brume légère du matin. Avec cette immense coupole blanche posée sur un quadrilatère parfait. Comme une dentelle figée, pétrifiée par le temps : l'éternité du deuil de l'amour. Du chagrin aussi. De la pureté.

On va vers lui comme on s'avance vers une amante. La lumière le dessine de mieux en mieux à chaque pas. On ne regarde pas le sol, on ne regarde pas le ciel, on est agrippé par la taille, par ce souffle fiché dans le temps. Par cette façade comme calligraphiée. Partout des fleurs sculptées dans le marbre, des ajours ciselés, brodés dans la pierre. Aux quatre coins, des pans coupés enchaînent les quatre faces du tombeau avec une symétrie parfaite, absolue. Et toujours la même irradiante blancheur.

Après le choc premier, on détaille les treillis de marbre, la beauté des pierres dures incrustées, la finesse des quatre minarets de quarante-deux mètres de hauteur, la convergence élégante vers la coupole (de cent trente-sept mètres !).

On se souvient alors de la belle définition du monument donnée par Rabindranath Tagore, le poète et compositeur indien : « Une larme sur le visage de l'éternité ».

Il est vrai que le Taj Mahal semble un défi au temps, inscrivant à jamais dans la pierre le sublime témoignage d'un amour unique, celui de Shâh Jahân pour sa merveille, sa princesse infinie, Mumtaz Mahal.

Soie pâle et silence soyeux ses soirs de soie enveloppé dans
Ses caftans grenat la Seine entre soi ce souvenir à ses pieds

Puis ça les violines les ors ocre les mauves pourpres teintes
D'épaules aisselles et d'ambre et dos cambré cuisses levées
Dorées couleur de mille nuits d'amande rubis bleu de four

Les rouleaux déliés piles effondrées reformées amoncelées
Hautes tours de soies accumulées rivières de textures variées

Que rien ne pouvait arrêter amas de chairs luisantes saoules
Dans le rayonnement du soir qui caressait l'infinie soie des
Peaux frissonnantes accablées de désir et mâchées d'ombres

Et de sexe et de sang mêlés d'odeurs et de natures mortes à
La langue aux yeux de soie toujours depuis le temps toutes
Les bayadères corps déployés lui au milieu comme chez soi

(Rudolf Noureev)

D'un regard d'un geste des mains vers les yeux d'un souffle
D'un accord qui ne parle à personne D'un ciel apprivoisé
Pour eux D'un parfum secret d'un aveu sous la peau déjà
D'un immense soulèvement D'un amour plus pur que tout
D'un temps au-delà des mots et du ciel ils se sont reconnus

Des mains des yeux des seins tous les portiques de ce corps
Le blé sifflant des cheveux les cerises à bouche que veux-tu
Tout ce qui glisse vers les cuisses et enivre et déchire toutes
Les bouches Ce lait du corps lapé dans la chambre d'avril

Ces lèvres aspirées pour avaler du ventre gémissant le feu
Entre les broussailles ruisselantes et l'autre main creusant
Les reins le soulèvement du corps en arche cet infini désir

(Shâh Jahân & Mumtaz Mahal)

Tamil Nadu, bribes

Le Tamil Nadu est, géographiquement, à l'opposé du Rajasthan. Inde du Nord, Inde du Sud. On y parle le tamoul, Madras en a été la ville principale, sur la côte de Coromandel : elle est devenue la capitale sous son nouveau nom de Chennai. J'y marche et respire toutes les odeurs mêlées qui racontent le jour, qui racontent la nuit, parfums variés d'un monde multiple, tournoyant, où les vaches croisent les femmes.

J'y entends des sonorités qui rappellent le râga — on dit ici râgam —, cette musique carnatique qui évoque la fin du soir, quand la lumière bascule, ou la nuit, ce réservoir de sentiments, ou le pli du jour.

La tradition musicale de l'Inde du Sud plonge loin, m'explique un maître local, mais c'est peut-être le bharata natyam, la danse classique tamoule, qui est l'image même de l'âme du Tamil Nadu. À la fois spirituelle, technique, amoureuse des dessins du corps, cette danse très virtuose est posée délicatement sur quelques instruments, tambour, hautbois, flûte et surtout la vînâ, une manière de grande cithare ou de luth, constitué d'un manche de bambou de plus d'un mètre auquel sont fixés deux gros résonateurs faits de courges séchées. Sept ou neuf cordes, pincées, jouées avec les ongles ou avec un ou deux onglets en métal. Je me sens loin en écoutant cette musique qui étire le temps. Comme un nuage sonore qui enveloppe doucement et fait glisser vers l'oubli.

Je vais au Tamil Nadu pour écouter, sentir, regarder, apprendre, rêver, me perdre, avoir peur, sourire, parler, revenir sur mes pas, courir, toucher sans toucher, interroger, m'interroger : l'Inde est un parchemin, un carnet de notes, un rébus, un testament sans fin, une histoire, un parfum, une danse, une question, ce moment indiscernable où l'on bascule dans le sommeil, dans une nuit habitée par les monstres, cette fête, cet incendie, cet oubli de tout, cette invention de tout.

Je me souviens de bribes.

Dans une rue de Madurai, un tout jeune garçon vend des fleurs de jasmin. Il voit la jeune femme blonde avec laquelle je marche dans une rue caressée de soleil : il s'arrête devant elle, le visage soudain illuminé, désigne la chevelure couleur de blé, un sourire semble éclabousser son visage et prendre toute la face ; il tire plusieurs fleurs de son sac et, avec une vitesse et une habileté sidérantes, tresse une sorte de petit diadème qu'il offre à ma compagne. Elle n'ose le saisir, il insiste, elle accepte, se tourne vers moi, je sors quelques billets, il s'en détourne, les repousse même, désigne la chevelure de soleil qui le fascine, fait signe d'y poser le diadème improvisé : voici les fleurs de jasmin qui s'enfoncent dans les cheveux dorés, le garçon est en extase, il est au ciel, il applaudit, le visage toujours écartelé par ce sourire qui le transforme. Puis il file d'un coup, avec son incroyable sourire en bandoulière. Je respire dans les cheveux que j'embrasse ces fleurs de jasmin qui sont plus qu'un cadeau, une oblation, un hommage à la beauté pure.

Autre ville, Tirunelveli, pour y voir le fameux temple de Nellaiappar, cette impressionnante pyramide multicolore de six hectares, dédiée à Shiva, avec son vaste hall intérieur aux mille piliers. Alors que j'en partais et faisais quelques pas dans la ville chamarrée d'échoppes de tous ordres et de toutes couleurs et parfums, j'ai vu un enfant, trois ans, quatre ans peut-être, échapper à la surveillance de sa mère et courir dans la rue : une voiture arrivait, noire, vieille berline lourde, elle a freiné trop tard, le choc, l'enfant projeté en l'air et s'écrasant sur le bord du trottoir, des cris, des cris partout, des hurlements, des tournoiements de saris, tout le monde se précipitant. Et là, inanimé, dans un lac de sang, l'enfant, visage déchiré, corps désarticulé, mort. Sa mère alors, jetée à terre par la douleur, hurlante, bloc de cri insoutenable, passant du plus rauque au plus aigu, perçant, léchant le sang sur les joues, étouffant, hoquetant, pétrifiée, rivée au sol, refusant en gestes violents qu'on la relève, puis soudain, s'agenouillant, se saisissant d'une de ses mains pour briser l'autre, retournant ses doigts d'un coup sec en hurlant encore plus, s'effondrant. Les hommes et les femmes s'approchant par vagues, la police aussi, les badauds qui interrogent. Impossible de rester là. J'ai marché dans les rues où couraient comme des fous des grappes de femmes et d'hommes s'apostrophant. J'ai mis longtemps à retrouver la grande porte. Ma mâchoire était paralysée. L'horreur pure.

Une autre fois, dans la poussière jaune de Mahabalipuram, j'allais admirer l'immense bas-relief de la Descente du Gange, quelque vingt-sept mètres de sculptures à même les rochers, qui raconte comment le fleuve sacré de l'Inde est arrivé sur terre pour purifier les cendres de milliers d'ancêtres, comment il a d'abord tout ravagé sur son passage, comment Shiva l'a calmé et ralenti. C'est là que j'ai rencontré, auprès des éléphants de pierre, une belle femme en sari jaune d'or qui était une poétesse indienne avec laquelle j'avais, plusieurs années auparavant, partagé quelques jours à Séoul, lors d'un congrès mondial de poésie. Nous avons repris notre conversation, elle m'a guidé au milieu de toutes ces pierres, de toutes ces inscriptions millénaires, m'a conduit avec sa voiture jusqu'à un hôtel à la terrasse duquel nous avons déjeuné de plats tamouls aromatisés de coriandre, tamarin, cardamome, gingembre et tant d'autres épices aux noms colorés, des caris de légumes servis dans des feuilles de bananier, auxquels elle a demandé qu'on ajoute de la cannelle. Parce que, m'a-t-elle alors révélé, elle était en fait cinghalaise, c'est-à-dire originaire du Sri Lanka, « l'île resplendissante », qu'on appelait autrefois Ceylan, au large du Tamil Nadu. Elle m'a convaincu de m'y rendre dès que j'aurais épuisé les charmes de cette Inde du Sud dont j'ai découvert les odeurs, les sourires, les mystères, la déesse noire et la grande peur, le miroir. J'ai promis. Je l'ai regardée alors que le soleil qui caressait son sari doré l'enflammait, ce regard riche de promesses et de magie. Le charme pur.

Parfums fondus fruits sucrés cuirs fleurs pourries
Voiles de poussière levés sur les chemins rougis
Les rues débordent de tout : vaches fleurs tressées
Motos rickshaws milliers d'hommes bras ballants
Femmes vaquant imperturbables klaxons encens
Mêlé à la transpiration klaxons jasmin sans cesse
Je découvre l'odeur de l'Inde

Fleurs des saris rouges or violines fruits trop mûrs
Qui tournent souples dans l'ombre amollie du soir
Poussière ambrée qui donne une couleur ancienne
Aux rues aux murs à cet interminable mouvement
D'une foule lente et noble même quand elle n'est
Rien Visages intérieurs éclairés Tiroirs de secrets
Je découvre les sourires de l'Inde

Partout la soie fait ricocher la lumière les regards
Noirs, aigus, bienveillants Pierres brillantes dans
Le nez les oreilles ailleurs peut-être cachées sous
Le parfum lourd des saris peau nue dont on rêve
Bracelets de poussière aux chevilles sourires aux
Mille chambres à secrets quelque chose d'éternel
Je découvre les mystères de l'Inde

Rues de Kanchipuram milliers de tout milliers de
Visages suspendus sourires interminables odeurs
Sans cesse et au centre Ekambaranathar le temple
Aux mille piliers de Shiva tant de bougies de saris
Tant de cendre rouge sur le front tant de danses
Et dans un coin d'ombre Kali son visage terrible
Je découvre la déesse noire de l'Inde

Kali avec collier de crânes ceinture d'avant-bras
La tueuse à langue rouge yeux rouges peau noire
Lancée hurlante dans une danse qui ne finira pas
Détruira le monde détruira les hommes détruira
Tout mais Shiva se couche sous ses pieds arrête
L'épouse furieuse le temps peut reprendre cours
Je découvre la grande peur de l'Inde

Sur la plaine poivrée où tout se mêle tout chavire
Quand le matin réveille les monstres engourdis
On retrouve à Kailasanatha cette pensée sereine
Qui ressemble à ce qu'on est venu chercher dans
Ce monde inconnu là sur la côte de Coromandel
Un temple ouvert sur le ciel parfumé — l'éternité
Je découvre le miroir de l'Inde

J'ai marché dans la poussière de l'Inde, j'ai écouté des voix rauques ou frêles, respiré des odeurs venues du plus profond du corps, du plus lointain du temps. Mais ai-je compris ce tremblement intérieur de l'âme indienne, cette ambiguïté du regard, ce clair-obscur ? J'ai fouillé dans toutes les malles de ces paysages urbains, arraché quelques lumières à des ciels qui viraient du rose à l'orangé, avec ces grands doigts bleu-noir déchirant la tranquille beauté des vapeurs du matin. J'ai croisé des hommes, des femmes, leurs regards dorés, tendres ou perçants, scrutant ou flottant. J'ai lu sur les fronts ces points rouges qui distinguent, j'ai voulu comprendre les hiérarchies subtiles de cette société en équilibre sur des milliers d'années, j'ai parcouru les temples, regardé les dieux, les déesses, les danses figées, le mouvement du monde. J'ai écouté des râgas qui ne finissaient jamais. J'ai dormi éveillé dans les rues, les villes de l'Inde, la campagne, les bords de rivière de l'Inde, les villages, les yeux des enfants de l'Inde qui cherchent avec leurs sourires à vous apprivoiser : j'ai voulu comprendre ce miroir des visages.

Je reviens bien seul.

Dans l'île resplendissante à la mousson du désir
J'ai vu la belle Cinghalaise parfumée de cannelle
Et les éléphants bleus qui traversaient mon rêve

La soie qui recouvrait ses seins une voile gonflée
D'ambre ou de cardamome Elle était un fruit mûr
Que je voulais goûter mais ce sable sur ma langue

J'étais tout encombré j'étais tout poivre et ombre
Quand elle abaissait ses cils je me sentais devenir
Bleu comme toutes les oranges qui pourrissaient

Comme l'odeur de la terre mouillée après l'orage
Douce entêtante des bracelets d'or aux chevilles
Elle dansait et je n'étais qu'un éléphant pour elle

Dans l'île resplendissante j'ai cherché sur la plage
Les pêcheurs de perles et j'ai scruté tous les voiles
Attendant que le vent les soulève je me suis enivré

De mirages J'ai cru entendre encore sa voix tendre
Et sonore Je me suis enivré de vent dans les voiles
Je l'ai vue qui marchait sur des oursins et le soleil

Elle dormait dans le désordre la solitude le silence
Je me suis souvenu de nos morts Cendrillon Egon
Schiele Marilyn Einstein Ophélie Basquiat Leila

Sur la plage remplie de perles bientôt nous serons
Seuls mais on ne se lassera jamais du sublime car
La vie est une partie jouée dans un jardin magique

Un voyage en barque

Je n'étais plus tout à fait un enfant, à peine un adolescent, nous étions avec mes parents en vacances à la toute fin de l'été, en septembre déjà, alors que les premières feuilles jaunes annonçaient sur les arbres la proche conversion de la saison. Quelques jours avant de rentrer à Paris, nous déambulions sur la « promenade haute », au bord du fleuve qui baignait cette petite ville de province où l'on posait chaque été nos valises de fatigue pour se régénérer. Il pouvait être dix-huit heures, ou un peu plus, nous croisions des flâneurs, le temps était lent. En contrebas, deux pêcheurs s'apprêtaient à rentrer.

Soudain, nous avons vu s'arrêter une belle voiture, une « berline », disait mon père, qui a stationné un moment sans que ni l'un ni l'autre de ses occupants ne songe à en sortir. Comme s'ils regardaient ce paysage simple et pictural, une berge en contrebas, une rivière incurvée, bordée, au-delà, de champs aux nuances qui allaient du vert céladon au gris-bleu en passant par des mélanges de jaune pâle et d'ocre. À gauche, un peu éloignée, une maison puissamment amarrée à l'eau, un ancien moulin sans doute, quelques arbres de part et d'autre, une perspective fuyante à droite, les arbres s'inclinant depuis les deux rives au-dessus de la rivière, leurs frondaisons se rejoignant, caressant les branches les unes des autres, colorant l'eau d'un cadmium sombre, presque bleu de four, comme un couloir secret dont on n'imaginait pas où il pouvait mener : il ne restait plus qu'à signer.

Après s'être nourris de ce tableau, les occupants de la voiture en sont sortis, avec une manière de lenteur attentionnée, presque une émotion. C'était un couple d'âge mûr, soixante-quinze, peut-être quatre-vingts ans, très digne, très classe, un maintien presque aristocratique. L'homme a fait le tour de la berline pour aider la femme à descendre avec des gestes d'une infinie douceur. On les a vus alors : quelle élégance ! Lui était vêtu d'un costume croisé sombre à fines rayures, chemise blanche, cravate unie, bleue je crois, avec une fine pochette claire qui concluait l'ensemble, des souliers noirs aux pieds. Il était plutôt grand, le visage large surmonté de cheveux point trop clairsemés, coiffés en arrière. Elle était aussi relativement grande pour une femme, le maintien splendide, une jupe longue de velours nuit qui tutoyait ses mollets, des bas gris allant jusqu'à des escarpins lacés avec un petit talon épais pour assurer sa démarche. Sur son corsage de dentelle blanche, un fin caraco de soie grise, brodé, refermé par une broche de col, une étole ambrée posée sur les épaules. De fines boucles d'oreilles aux reflets bleus encadraient son beau visage pensif, au teint clair comme ses yeux, surmonté d'un chignon gris pâle fixé par deux peignes en écaille. On distinguait à son poignet gauche un bracelet en mailles dorées, souple, et sa main droite était ornée d'une bague du siècle passé, l'or guilloché entourant une pierre d'un rose à la fois puissant et tendre, un de ces rares saphirs roses que recherchent les élégantes.

Elle a pris son bras, ils se sont approchés du muret qui surplombait le paysage, puis ils ont descendu le chemin de terre et d'herbes jusqu'à, soudain, obliquer et se diriger vers une barque bâchée, amarrée depuis quelques jours au grand peuplier qui bordait le paysage à main gauche. L'homme a déverrouillé la bâche, l'a pliée et l'a posée là, sur une sorte de petit promontoire bien modeste qui n'avait jusque-là guère attiré le regard, quelques planches ajointées simplement. Il a ensuite galamment tendu la main et aidé la femme à grimper dans la barque, à s'asseoir sur la planche transversale en tournant le dos à la proue, tandis que lui s'est posé face à elle, et a sorti deux longues rames en bois ciré qui semblaient neuves.

Ils se sont alors regardés sans rien se dire, avec une intensité qui semblait celle d'une cérémonie :

ils paraissaient à cet instant absolument seuls au monde.

Sous l'œil amusé de quelques badauds, dont nous étions, qui regardaient alors, depuis le muret en surplomb, le spectacle surréaliste de ce couple plein d'élégance assis dans cet esquif que, poussivement, l'homme a réussi à faire décoller de la berge en s'arc-boutant sur une des rames, la barque s'est élancée sur l'eau un peu maladroitement. On a eu un instant l'impression qu'elle allait basculer, mais elle s'est stabilisée quand l'homme a trouvé le rythme adéquat : c'était beau et un rien bucolique de voir ces deux belles personnes qui semblaient reconstituer une image du passé, la promenade en barque, un classique si souvent peint, évoqué, chanté.

L'air était immobile, on n'entendait même pas le clapotement des rames et on s'apprêtait à continuer notre promenade quand on a vu soudain la barque se diriger vers le moulin, là où le courant est le plus fort. Tout est allé très vite alors : l'homme a posé ses rames, a serré très fort la main de la femme et, se jetant en arrière en même temps qu'il criait « maintenant ! », s'est d'un coup enfoncé dans l'eau, sa tête remontant un bref instant avant de disparaître tout à fait. La femme alors, comme tétanisée, a regardé un instant en arrière, vers l'autre rive, et, la bouche ouverte sur un cri muet, s'est renversée à son tour dans le courant, sa jupe en corolle recouvrant son corps tourbillonnant, pendant que la barque tournoyait dans le maelström et se brisait.

Tout s'est passé si vite que chacun était saisi, les femmes resserrant leurs mains sur la bouche, les yeux exorbités, avec une expression de terreur, les hommes hébétés, la tête comme assenée par un gourdin invisible. Le fleuve s'écoulait à nouveau, tranquille.

Tu t'en vas parce que tu as peur tu ne veux plus des cris
De ton pays jeté aux chiens tu veux danser avec les fous
Tu ne veux plus des yeux épuisés de sang dans ton pays

Tu veux respirer le basilic toucher les ailes des libellules
Enfoncer les mains du ciel dans tes poches Comment as-
Tu pu attendre si longtemps comment t'endors-tu le soir

Quand les femmes se déshabillent derrière les lampes et
Regardent ton corps comme une farine pour des gâteaux
Tu voudrais tout savoir tout avoir et déchirer ta solitude

Tu crois qu'il fait plus clair là-bas qu'il y a des jours qui
Te prennent dans leurs bras comme des chemises tu sais
Que ton pays a été dévasté par les mouches et tu ne veux

Plus de ce pays tu préfères arracher ta peau tes cheveux
Courir dans la nuit pour échapper aux lièvres aux fusils
Avaler toute l'eau de la mer changer de pain changer de

Langue tout plutôt que demeurer dans ce pays qui n'est
Plus le tien ce pays de cordes et de suie tu veux la pluie
Qui lave les larmes Tu crois que les nuits de là-bas sont

Des melons bien mûrs des orangers en fleurs des mains
Tendues pour t'aider à traverser le ciel Que les flammes
Réchauffent les mains Que les visages disent bienvenue

À tous ceux qui n'ont plus de pays comme toi qui cours
Plus vite que les nuages et que les balles tu veux encore
Vivre et ton pays ne le veut plus tu sais que les mouches

Mangent nos corps il ne te reste qu'une poignée de vent
Emporté au creux de ta main dans tes poches ces images
Encore des mille soleils qui t'ont brûlé les yeux ces cris

Tu n'oublies pas cette tempête bleue dans le ciel doré tu
Flambes tu fais la belle ou l'autre mais tu sais que tu vas
Mourir si tu ne t'en vas pas quelle que soit la peur quelle

Que soit l'espérance

Connaissez-vous le langage des oiseaux 11
Kyoto, jardins pétrifiés 15
New York, odeur de marrons 31
Lisbonne, sa peau 37
Un voyage à Bayreuth 49
Hanoï, au bord du lac 57
Halong, crachat magique 65
Mékong, la rivière des Neuf Dragons 71
Un voyage en train 87
Mandalay, un poème 91
Delhi, soie et silence 95
Tamil Nadu, bribes 107
Un voyage en barque 121
Tu t'en vas parce que tu as peur 127

Quelques-uns des textes réunis dans ce livre ont paru, en version première, dans *Poésie/première*, *Diérèse*, *Contre-Allées* et la *Lettre de l'Académie des beaux-arts* : que ces publications en soient ici remerciées.

DU MÊME AUTEUR

Aux Éditions Gallimard

COLORATURE, *poèmes*, 1977.

LE JARDIN DES ADIEUX, *poèmes*, 1999.

VERDI, UNE PASSION, UN DESTIN, 2000. Nouvelle édition de l'ouvrage VERDI, LA MUSIQUE ET LE DRAME, paru en 1986.

OÙ VONT NOS NUITS PERDUES, *poèmes*, 2002.

NUDITÉS, *poèmes*, 2004.

UNE HACHE POUR LA MER GELÉE, *poèmes*, 2006.

L'EFFARANT INTÉRIEUR DES OMBRES. Une hache pour la mer gelée II, *poèmes*, 2008. Prix Omar Khayyam, 2008.

CE QUI RESTE APRÈS L'OUBLI. Une hache pour la mer gelée III, *poèmes*, 2010.

LES SEPT PRÉNOMS DU VENT, *poèmes*, 2013. Prix Mallarmé, 2013.

CE LÉGER RIEN DES CHOSES QUI ONT FUI, *poèmes*, 2017.

LA CÉRÉMONIE DES INQUIÉTUDES, *poèmes*, 2020. Prix Alain Bosquet, 2020.

LA POÉSIE, LE CIEL. Petite méditation lyrique, 2020.

LE VENT ET L'ÉCUREUIL, *conte*, 2020.

UNE FEMME DE FEU. Le roman de la Malibran, *roman,* 2021.

CAR LA DOUCEUR DE VIVRE EST PÉRISSABLE, *poèmes*, 2022.

Dans la collection Poésie / Gallimard

OÙ VONT NOS NUITS PERDUES ET AUTRES POÈMES : Où vont nos nuits perdues — Une hache pour la mer gelée — L'effarant intérieur des ombres — Ce qui reste après l'oubli — Les sept prénoms du vent. *Préface de Xavier Darcos*, 2015.

Chez d'autres éditeurs

PROSOÉSIE, *poème*, P. J. Oswald, 1967.

SOIF DE SOIFS, *poèmes*, Encres vives, 1969.

TUERIE, *poème*, Génération, 1972.

LINGES, *poèmes*, Génération, 1974.

DON GIOVANNI (avec Maurice Béjart), La Différence, 1981.

LA FLÛTE ENCHANTÉE, *poèmes et analyse* (avec Maurice Béjart), Albin Michel, 1984.

L'OPÉRA DE PARIS, Sand, 1989.

GUIDE DU DISQUE COMPACT CLASSIQUE, Le Pré aux Clercs, 1991. Nouvelle édition revue et augmentée, Plon, 1993.

INVITATION À L'OPÉRA, Larousse, 1999.

LA DÉVOYÉE, *roman,* Belfond, 1996. Nouvelle édition en 2000.

ENTRETIEN AVEC GIUSEPPE VERDI, Musipages, 2001.

LA FEMME ENDORMIE, *roman,* Plon, 2003.

LES SEPT PLAIES, *cantate parlée* (avec des peintures de Christian Jaccard), La Chouette diurne, 2003.

CHOPIN, Actes Sud, 2004.

DES FROISSEMENTS DISCRETS, *poèmes,* Encres vives, 2005.

INVENTAIRE DE L'OPÉRA (collectif), Universalis, 2005.

QUE SAIS-JE, *poème* (avec des photographies de Lucien Clergue), Le Renard pâle, 2007.

LA LUNE DANS LES GENOUX, *poèmes* (avec des dessins de Sonia Rykiel), Le Renard pâle, 2008.

HYMNE À LA MER, *poème* (avec des photographies de Lucien Clergue), Le Renard pâle, 2009.

SCHUMANN, LE GOÛT DE L'OMBRE, Actes Sud, 2010.

L'OPÉRA VU PAR... ALAIN DUAULT, Hugo & Cie, 2010.

HYMNE À LA NUIT, *poème* (avec des photographies de Gabriela Morawetz), Le Renard pâle, 2010.

HYMNE AU SEXE, *poème* (avec des photographies de Kathy Cooper), Le Renard pâle, 2010.

HYMNE À LA MORT, *poème* (avec des photographies de Sabrina Grass), Le Renard pâle, 2011.

HYMNE AU CIEL, *poème* (avec des peintures de Pierre de Chevilly), Le Renard pâle, 2012.

DICTIONNAIRE AMOUREUX DE L'OPÉRA, Plon, 2012.

DE BACH À RAVEL, 20 interviews exclusives, Plon, 2013.

DANS LE JARDIN OBSCUR, *libre conversation sur la poésie* (avec Monique Labidoire), Le Passeur éditeur, 2014.

DANS LA PEAU DE MARIA CALLAS, *roman*, Le Passeur éditeur, 2014 (Le Passeur Poche, 2017).

DICTIONNAIRE AMOUREUX ILLUSTRÉ DE L'OPÉRA, Plon-Grund, 2016.

JOHANN STRAUSS, LE PÈRE, LE FILS ET L'ESPRIT DE LA VALSE, Actes Sud, 2017.

ROBERTO ALAGNA, MON DICTIONNAIRE INTIME (en collaboration), Le Passeur éditeur, 2019.

Livres-disques

MON PREMIER MOZART, Brilliant Classics, 2006.

MON PREMIER BACH, Brilliant Classics, 2006.

CHOPIN. Une histoire en musique racontée aux enfants, Sony, 2010.

CHOPIN & GEORGE SAND. Une rencontre flamboyante, Saphir productions, 2010.

Alain Duault a reçu le Grand Prix de poésie de l'Académie française en 2002 pour l'ensemble de son œuvre.